Annihilation

AU DIABLE VAUVERT

Jeff VanderMeer

Annihilation

Traduit de l'anglais (États-Unis)
par Gilles Goullet

Du même auteur

La Cité des Saints et des Fous, recueil, *Calmann-Lévy*, 2006

ISBN : 979-10-307-0021-3

Titre original : Annihilation

© Jeff VanderMeer, 2014
© Éditions Au diable vauvert, 2016 pour la traduction française

Au diable vauvert
www.audiable.com
La Laune 30600 Vauvert

Catalogue sur demande
contact@audiable.com

Pour Ann

01 : Initiation

La tour, qui n'était pas censée être là, s'enfonce sous terre tout près de l'endroit où la forêt de pins noirs commence à abandonner le terrain au marécage, puis aux marais avec leurs roseaux et leurs arbres rendus noueux par le vent. Derrière les marais et les canaux naturels, se trouve l'océan et, un peu plus bas sur la côte, un phare abandonné. Toute cette région était désertée depuis des décennies, pour des raisons qui ne sont pas faciles à raconter. Notre expédition était la première à entrer dans la Zone X depuis plus de deux ans et la majeure partie de l'équipement de nos prédécesseurs avait rouillé, leurs tentes et abris ne protégeant plus de grand-chose. En regardant ce paysage paisible, je ne pense pas qu'aucune d'entre nous n'en voyait encore la menace.

Nous étions quatre : une biologiste, une anthropologue, une géomètre et une psychologue. J'étais la biologiste. Il n'y avait que des femmes, cette fois, choisies pour intégrer l'ensemble complexe de variables qui régissait l'envoi des expéditions. La psychologue, plus âgée, exerçait les fonctions de chef d'expédition. Elle nous avait toutes placées sous hypnose pour traverser la frontière afin d'être sûre que nous garderions notre calme. Il nous avait ensuite fallu quatre jours de difficile marche à pied pour atteindre le littoral.

Notre mission était simple : poursuivre l'enquête gouvernementale sur les mystères de la Zone X en progressant lentement à partir du camp de base.

L'expédition pourrait durer plusieurs jours, mois ou même années, selon divers stimuli et conditions. Nous avions emporté six mois de vivres, et deux ans de provisions supplémentaires avaient été préalablement entreposés au camp de base. On nous avait aussi promis que vivre de la terre, si nécessaire, ne nous ferait courir aucun danger. Toutes nos denrées alimentaires étaient fumées, en conserve ou en paquets. Notre équipement le plus saugrenu consistait en un appareil de mesure qui nous pendait par une lanière à la ceinture : un petit rectangle de métal noir avec, au milieu, un trou sous verre. Si celui-ci se mettait à luire en rouge, nous avions trente minutes pour nous replier dans « un endroit sûr ». On ne nous avait pas dit ce que mesurait cet appareil ni pourquoi nous devrions avoir peur s'il luisait en rouge. Au bout de quelques heures, je m'étais tellement habituée à lui que je ne le regardais plus. On nous avait interdit montres et boussoles.

Arrivées au camp, nous nous sommes mises à remplacer le matériel endommagé ou obsolète par celui que nous avions apporté. Nous avons aussi planté nos propres tentes. Nous reconstruirions les abris plus tard, une fois certaines que la Zone X ne nous avait pas affectées. Les membres de l'expédition précédente avaient fini par s'éclipser, l'un après l'autre. Au fil du temps, ils avaient retrouvé leur famille, si bien qu'ils n'avaient pas disparu à proprement parler. Ils avaient simplement cessé d'être présents dans la Zone X pour réapparaître par des moyens inconnus dans le monde de l'autre côté de la frontière. Sans pouvoir donner le moindre détail sur ce voyage. Ce *transfert* avait pris place sur une période de dix-huit mois et ne s'était pas produit avec les expéditions antérieures. Mais il existait d'autres phénomènes tout aussi capables de conduire à « une dissolution prématurée des expéditions », comme disaient nos supérieurs, aussi devions-nous tester notre résistance à cet endroit.

Nous devions également nous habituer à l'environnement. Dans la forêt près du camp de base, on pouvait croiser des ours noirs et des coyotes. On pouvait entendre soudain un coassement et, distrait par le spectacle d'un échassier nocturne s'envolant d'une branche, marcher sur un serpent venimeux – il en existait au moins six espèces. Marécages et cours d'eau dissimulaient d'énormes reptiles aquatiques, aussi prenions-nous soin de ne pas patauger trop loin pour recueillir nos échantillons d'eau. Mais ces aspects-là de l'écosystème n'inquiétaient vraiment aucune d'entre nous. D'autres éléments pouvaient toutefois nous mettre mal à l'aise. Longtemps auparavant, il y avait eu des villes dans les environs, et nous sommes tombées sur de sinistres traces d'habitation humaine : des cabanes pourrissantes aux toits affaissés rougeâtres,

9

des rayons de roue de chariot rouillés sortant de terre, les restes à peine visibles d'anciens enclos à bétail qui n'étaient plus qu'ornements pour le terreau formé par la décomposition des couches d'aiguilles de pin.

Bien pire, un profond gémissement sonore s'élevait au crépuscule. Le vent marin et l'étrange immobilité à l'intérieur émoussaient notre sens de la direction, si bien que le bruit semblait s'infiltrer dans l'eau noire dans laquelle trempaient les cyprès. Cette eau, si sombre qu'on se voyait dedans, ne bougeait jamais, figée comme du verre, reflétant les barbes de mousse grise qui recouvraient les cyprès. En regardant du côté de l'océan, on ne voyait que le noir de l'eau, le gris des troncs et l'incessante pluie immobile de la mousse. On n'entendait que ce gémissement profond, dont l'effet ne pouvait pas se comprendre à un autre endroit. Il était d'une beauté qu'on ne pouvait pas comprendre davantage, et voir de la beauté dans la désolation change quelque chose en vous. La désolation tente de vous coloniser.

Et donc, nous avons trouvé la tour tout près de l'endroit où l'eau commence à envahir la forêt, qui devient ensuite un pré salé. Nous étions arrivées au camp depuis quatre jours, nous n'avions plus trop de mal à nous repérer. Les cartes que nous avions emportées tout comme les documents tachés d'eau et maculés de poussière de pin laissés par nos prédécesseurs n'indiquaient rien à cet endroit. Elle était pourtant là, sur la gauche du sentier, bordée d'herbe rêche, à demi recouverte de mousse tombée: un bloc circulaire de pierre grisâtre qui semblait mêler ciment et coquillages pilés. Cela faisait comme un disque d'une vingtaine de centimètres d'épaisseur et de presque vingt mètres de diamètre. Sans la moindre inscription ou gravure susceptible de dévoiler quoi que ce soit de sa raison d'être ou de l'identité de ses créateurs. Plein nord, on voyait par une ouverture rectangulaire un escalier en colimaçon qui s'enfonçait dans les ténèbres. De grandes toiles d'araignées et des débris de tempêtes encombraient l'entrée, mais il en montait un courant d'air frais.

J'ai d'abord été la seule à la voir comme une tour. J'ignore pourquoi le mot *tour* m'est venu pour cette chose qui s'enfonçait sous terre. J'aurais aussi bien pu penser à un bunker ou à un bâtiment enseveli. Mais dès que j'ai vu l'escalier, je me suis rappelé le phare sur la côte et j'ai soudain eu une vision dans laquelle la dernière expédition disparaissait, un membre après l'autre, et un peu plus tard, un mouvement de terrain uniforme et prédéterminé laissait le phare là où il avait toujours été, mais en déposait cette partie souterraine à l'intérieur des terres. C'est ce que j'ai vu à ce moment-là dans tous ses détails et toute sa complexité, et avec le recul, cette pensée irrationnelle m'apparaît comme la première que j'ai eue après notre arrivée.

« Impossible », a dit notre géomètre, les yeux rivés sur ses cartes. Elle baignait dans l'ombre dense et fraîche de cette fin d'après-midi, ce qui donnait à ses mots davantage de poids qu'ils n'en auraient eu dans un autre environnement. Le soleil nous indiquait que nous ne pourrions bientôt plus interroger l'impossible sans nos torches électriques, même si je ne voyais aucun inconvénient à le faire dans le noir.

« Et pourtant... ai-je dit. À moins d'une hallucination collective.

— Le modèle architectural n'est pas facile à identifier, a dit l'anthropologue. Les matériaux sont ambigus, ils indiquent une origine locale, mais pas forcément une construction locale. Sans y entrer, nous ne saurons pas si c'est primitif, moderne ou entre les deux. Je ne suis pas sûre non plus de vouloir évaluer son âge. »

Nous n'avions aucun moyen d'informer nos supérieurs de cette découverte. Une des règles des expéditions dans la Zone X interdisait d'essayer de contacter l'extérieur, par crainte d'une contamination définitive. Nous n'avions de plus emporté qu'une petite quantité de matériel reflétant notre niveau de technologie. Nous n'avions ni téléphones mobiles ou satellite, ni ordinateurs, ni caméscopes, ni instruments de mesure complexes à part ces petits boîtiers noirs accrochés à nos ceintures. Nos appareils photo avaient besoin d'une chambre noire bricolée. L'absence de téléphones mobiles semblait tout particulièrement donner aux trois autres l'impression d'être à mille lieues du monde réel, alors que j'avais pour ma part toujours préféré m'en passer. En guise d'armes, nous avions des couteaux ainsi qu'un coffret verrouillé contenant de vieux pistolets et un fusil d'assaut, ce dernier étant une concession réticente aux normes de sécurité en vigueur.

On attendait simplement de nous un rapport, comme celui-ci, dans un journal comme celui-là : léger mais quasi indestructible, avec du papier imperméable, une couverture flexible noir et blanc, des lignes bleues horizontales pour écrire et une marge matérialisée à gauche par une ligne rouge. Ces journaux reviendraient avec nous ou seraient retrouvés par l'expédition suivante. On nous avait recommandé de fournir le maximum de contexte afin que nos récits puissent se comprendre sans rien connaître à la Zone X. On nous avait aussi ordonné de ne pas nous dire les unes les autres ce que nous mettions dans nos journaux. Selon nos supérieurs, partager trop d'informations risquerait de fausser nos observations. Mais je savais d'expérience à quel point cette volonté, cette tentative d'éliminer tout biais était sans espoir. Aucun être vivant n'est véritablement objectif... même en vase clos, même s'il ne reste rien au cerveau qu'un désir mortel de vérité.

« Je trouve cette découverte palpitante, a glissé la psychologue avant que nous discutions davantage de la tour. Pas vous ? » C'était la première fois qu'elle nous posait cette question. Durant l'instruction, elle nous demandait plutôt des choses comme : « En situation d'urgence, dans quelle mesure vous estimez-vous capable de garder votre calme ? » À l'époque, elle m'avait fait l'impression de mal jouer un rôle. Impression qui se renforçait à présent, comme si être notre chef la rendait nerveuse pour une raison ou pour une autre.

« C'est indéniablement excitant... et inattendu », ai-je répondu en m'efforçant, sans vraiment y parvenir, de ne pas me moquer d'elle. À ma grande surprise, je me sentais de plus en plus mal à l'aise, surtout parce qu'en imagination, dans mes rêves, une telle découverte aurait figuré parmi les plus banales. J'avais vu tant de choses dans ma tête, avant que nous traversions la frontière : d'immenses villes, des animaux étranges et, un jour que j'étais malade, un monstre énorme qui sortait des vagues pour s'abattre sur notre camp.

La géomètre, entre-temps, avait limité sa réponse à un haussement d'épaules. L'anthropologue a hoché la tête comme si elle était d'accord avec moi. L'entrée dans les profondeurs de la tour exerçait une espèce de présence, c'était une surface vierge sur laquelle nous pouvions écrire tant de choses. Cette présence se manifestait comme une légère fièvre qui pesait sur nous.

Je vous dirais le nom des trois autres, s'ils avaient de l'importance, mais seule la géomètre durera encore un jour ou deux. De toute manière, on nous a toujours vivement déconseillé de nous servir de noms : nous étions censées nous concentrer sur notre mission et « abandonner tout ce qui était personnel ». Les noms appartenaient à l'endroit d'où nous venions, pas aux personnes que nous étions durant notre séjour dans la Zone X.

Notre expédition aurait dû compter un cinquième membre, une linguiste. Pour atteindre la frontière, chacune de nous était entrée dans une salle blanche lumineuse avec une porte à l'autre bout. La chaise métallique placée dans le coin m'a un peu inquiétée, avec ses côtés percés pour pouvoir y passer des sangles, mais j'étais à ce moment-là bien déterminée à atteindre la Zone X. L'installation dans laquelle se trouvaient ces salles était sous le contrôle du Rempart Sud, l'agence gouvernementale clandestine chargée de tout ce qui concernait la Zone X.

Nous avons attendu là le temps que d'innombrables mesures soient effectuées et que des orifices au plafond nous expédient dessus divers jets d'air, certains brûlants, d'autres frais. À un moment, la psychologue est venue nous voir tour à tour, mais je ne me souviens pas de ce qui a été dit. Nous sommes ensuite sorties par la porte du fond, qui donnait sur un point de rassemblement central, avec une porte à deux battants au bout d'un long couloir. Nous y avons été accueillies par la psychologue, mais nous n'avons jamais revu la linguiste.

« Elle a changé d'avis, a dit la psychologue en affrontant nos questions avec un regard résolu. Elle a décidé de rester. » Ce qui nous a un peu surprises, mais nous avons aussi été soulagées que ce ne soit pas arrivé à une autre d'entre nous : de toutes nos compétences, il nous semblait alors que celles de la linguiste étaient les moins indispensables.

« Videz-vous la tête, maintenant », nous a dit la psychologue au bout d'un moment, signifiant ainsi qu'elle allait nous hypnotiser pour nous permettre de franchir la frontière. Elle se mettrait ensuite sous une espèce d'auto-hypnose. On nous avait expliqué qu'il fallait prendre des précautions pour empêcher nos cerveaux de nous jouer des tours quand nous traverserions la frontière. Les hallucinations n'avaient apparemment rien de rare. Du moins à ce qu'ils nous ont dit. Je ne peux plus avoir la certitude qu'ils nous aient dit la vérité. On nous avait caché la véritable nature de la frontière pour des raisons de sécurité : nous savions seulement qu'elle était invisible à l'œil nu.

Si bien que quand les autres et moi nous sommes « réveillées », nous étions entièrement équipées, y compris de grosses chaussures de randonnée, d'un sac à dos de presque vingt kilos et d'une multitude de fournitures supplémentaires accrochées à la ceinture. Nous avons titubé toutes les trois et l'anthropologue a mis un genou à terre, tandis que la psychologue attendait patiemment que nous nous reprenions. « Désolée, a-t-elle dit. C'était la traversée la moins surprenante que je pouvais assurer. »

La géomètre a juré et l'a fusillée du regard. Son caractère bien trempé avait dû être considéré comme un atout. L'anthropologue s'est relevée sans se plaindre, car tel était son caractère. Quant à moi, conformément au mien, j'étais trop occupée à observer pour prendre ce réveil brutal comme une attaque personnelle. J'ai remarqué par exemple la cruauté du sourire presque imperceptible sur les lèvres de la psychologue pendant qu'elle nous regardait nous adapter comme nous le pouvions, l'anthropologue qui trébuchait encore et s'en excusait. Je me suis rendu compte plus tard que j'avais pu me tromper sur son expression, qu'il s'agissait peut-être de douleur ou d'apitoiement sur son propre sort.

Nous nous trouvions sur un chemin de terre battue parsemé de cailloux, de feuilles mortes et d'aiguilles de pin humides au toucher. Des fourmis de velours et de minuscules scarabées émeraude se promenaient un peu partout. De grands pins aux écailles d'écorce pointues se dressaient de chaque côté, entre lesquels les ombres des oiseaux en vol traçaient des lignes. L'air était si pur qu'il mettait les poumons à rude épreuve et qu'il nous a fallu plusieurs secondes pour arriver à respirer normalement, mais c'était surtout dû à la surprise. Puis, après avoir marqué notre position en accrochant un morceau de tissu rouge à un arbre, nous nous sommes mises en marche dans l'inconnu. Si, pour une raison ou une autre, la psychologue se retrouvait dans l'incapacité de nous conduire jusqu'au terme de notre mission, nous avions ordre de revenir à cet endroit attendre « l'extraction ». Personne ne nous a jamais expliqué la forme qu'elle pourrait prendre, mais cela sous-entendait que nos supérieurs pouvaient observer ce point d'extraction à distance, même s'il se trouvait de l'autre côté de la frontière.

Malgré l'interdiction de nous retourner à l'arrivée, j'ai jeté un petit coup d'œil par-dessus mon épaule en profitant d'un moment de distraction de la psychologue. Je ne sais pas trop ce que j'ai vu. C'était flou, indistinct et déjà loin derrière nous… peut-être un portail, ou une illusion d'optique. L'impression soudaine d'un pavé de lumière qui crépitait et s'estompait à toute vitesse.

Les raisons pour lesquelles je m'étais portée volontaire n'avaient rien à voir avec mes qualifications pour l'expédition. Je crois avoir été retenue pour ma spécialisation en milieux de transition : cet endroit ayant connu plusieurs transitions, il hébergeait une complexité d'écosystèmes. Rares étaient les lieux où, en l'espace de seulement dix à douze kilomètres, on passait successivement de forêt à marécage, pré salé et plage. Dans la Zone X, à ce qu'on m'avait dit, je trouverais de la vie marine qui s'était adaptée à l'eau douce saumâtre et qui, à marée basse, remontait à la nage les canaux naturels formés par les roseaux, partageant son environnement avec les loutres et les cerfs. En longeant la plage, criblée de trous de crabes violonistes, on voyait parfois un des reptiles géants, car eux aussi s'étaient adaptés à leur habitat.

Je comprenais pourquoi plus personne ne vivait dans la Zone X, je comprenais que cela expliquait pourquoi elle était immaculée, mais je ne cessais de l'oublier. J'avais décidé de faire comme si nous étions des randonneuses, qui se trouvaient être des scientifiques, au milieu d'une réserve zoologique. Ce qui avait du sens à un autre niveau : nous ne savions ni ce qui s'était passé là ni ce qui continuait de s'y passer, et toute théorie préconçue influerait sur mon analyse de ce que nous trouverions. De toute manière, en ce qui me concernait, les mensonges que je me racontais importaient peu, car mon existence d'avant la Zone X était devenue aussi vide que celle-ci. N'ayant plus aucun point d'ancrage, j'avais *besoin* d'être là. Quant aux autres, je ne sais pas et ne voulais pas savoir ce qu'elles se sont raconté, mais je crois qu'elles ont toutes au moins fait semblant d'avoir un minimum de curiosité. La curiosité peut être une puissante distraction.

Ce soir-là, nous avons parlé de la tour, même si les trois autres insistaient pour l'appeler « tunnel ». La responsabilité de pousser nos investigations relevait de chacune d'entre nous, l'autorité de la psychologue décrivant un cercle plus large autour de ces décisions. Une partie de la logique sous-jacente aux expéditions voulait que chaque membre dispose d'une certaine autonomie de décision, ce qui contribuait à l'accroissement de « la possibilité d'une variation significative ».

Ce vague protocole existait dans le contexte de nos compétences distinctes. Ainsi, même si nous avions toutes bénéficié d'une instruction de base en maniement des armes et en techniques de survie, la géomètre avait des connaissances en médecine et en armes à feu bien supérieures aux nôtres. L'anthropologue était une ancienne architecte, elle avait même survécu, des années auparavant, à l'incendie d'un bâtiment de sa conception, ce qui est la seule chose vraiment personnelle que j'ai apprise sur elle. Quant à la psychologue, nous en savions encore moins à son sujet, mais à mon avis, nous croyions toutes qu'elle avait été dans le management.

La discussion sur la tour était, en quelque sorte, notre première occasion de tester les limites du désaccord et du compromis.

« Je ne crois pas que nous devrions nous concentrer sur le tunnel, a dit l'anthropologue. Mieux vaudrait commencer par poursuivre l'exploration et revenir s'en occuper une fois qu'on aura des données, y compris sur le phare. »

C'était très prévisible de sa part, et peut-être même prescient, d'essayer de trouver une option plus sûre, plus confortable. Même si procéder à des relevés cartographiques me semblait répétitif et superficiel, je ne pouvais nier l'existence de la tour, que rien n'indiquait sur les cartes.

La géomètre a pris la parole. « Dans ce cas, il me semble que nous devrions éliminer la possibilité que le tunnel soit menaçant ou invasif. Avant d'aller explorer plus loin. Sans quoi, ce sera comme avoir un ennemi dans le dos. » Elle avait été dans l'armée et la valeur de son expérience m'apparaissait déjà.

J'aurais cru qu'une géomètre serait toujours d'avis de continuer d'explorer, aussi une telle opinion ne manquait-elle pas de poids.

« J'ai hâte d'explorer les habitats qu'on va trouver, ai-je dit. Mais dans un sens, puisqu'il ne figure sur aucune carte, le "tunnel"... ou la tour... paraît important. Soit il est délibérément exclu de nos cartes et donc connu... ce qui constitue une sorte de message... soit on a affaire à quelque chose de nouveau, qui n'était pas là à l'arrivée de la précédente expédition. »

La géomètre m'a remerciée du regard, mais je ne cherchais absolument pas à me ranger à ses côtés. S'imaginer une tour qui s'enfonçait droit sous terre donnait le vertige tout en suscitant une certaine fascination. Je ne pouvais dire ce qui me faisait envie ou peur là-dedans et je ne cessais de me représenter l'intérieur d'une coquille de nautile ou d'autres structures régulières naturelles, visions mises en balance avec celle d'un saut soudain dans l'inconnu du haut d'une falaise.

La psychologue a hoché la tête, semblé réfléchir à nos points de vue et demandé : « Est-ce que l'une de vous ressent déjà ne serait-ce qu'un vague début d'envie de vouloir partir ? » La question était légitime, mais détonnait malgré tout.

Nous avons secoué la tête toutes les trois.

« Et toi ? a demandé la géomètre à la psychologue. Tu en penses quoi ? »

La psychologue a souri, ce qui semblait étrange. Elle devait pourtant savoir qu'on avait pu charger n'importe laquelle d'entre nous d'observer ses réactions aux stimuli. Peut-être trouvait-elle amusant qu'une géomètre, une experte en surface des choses, puisse l'avoir été à la place d'une biologiste ou d'une anthropologue. « Je dois avouer me sentir très mal à l'aise pour le moment. Mais je ne sais pas trop si c'est à cause de l'ensemble de l'environnement ou de la présence du tunnel. Personnellement, je préférerais qu'on écarte la possibilité de problèmes avec le tunnel. »

La tour.

« Trois contre un, donc », a dit l'anthropologue, manifestement soulagée que la décision ait été prise à sa place.

La géomètre s'est contentée de hausser les épaules.

Peut-être m'étais-je trompée, sur la curiosité. La géomètre ne semblait curieuse de rien.

« Tu t'ennuies ? ai-je demandé.

— Hâte qu'on s'y mette », a-t-elle dit au groupe comme si j'avais posé la question pour tout le monde.

Notre discussion avait eu lieu dans la tente commune. La nuit était tombée et nous avons bientôt entendu l'étrange cri lugubre en sortir, cri que nous savions naturel, mais qui nous faisait quand même un peu frissonner. Comme s'il avait donné le signal de la séparation, chacune a regagné ses quartiers pour s'y retrouver seule avec ses pensées. Je suis restée allongée un moment dans ma tente sans dormir, en essayant de transformer la tour en tunnel, ou même en puits, mais sans y parvenir. Mon esprit s'y refusait et ne cessait de revenir à une seule et même question : *Qu'y a-t-il de caché au fond ?*

En allant de la frontière au camp de base, situé à proximité de la côte, nous n'avions pas vu grand-chose qui sorte de l'ordinaire. Les oiseaux chantaient comme il se devait ; les cerfs s'enfuyaient, leur queue blanche un point d'exclamation sur le vert et le marron des broussailles ; les ratons laveurs aux pattes arquées vaquaient à leurs occupations de leur démarche chaloupée sans se soucier de nous. En tant que groupe, nous avions presque le vertige, je pense, de nous sentir aussi libres après avoir passé tant de mois enfermées à nous préparer et nous entraîner. Tant que nous nous trouvions dans ce couloir, dans cet espace de transition, rien ne pouvait nous atteindre. Nous n'étions ni ce que nous avions été ni ce que nous deviendrions une fois à destination.

La veille de notre arrivée au camp, cette humeur a été quelque temps anéantie par l'apparition d'un énorme sanglier loin devant nous sur le sentier, si loin que nous n'avons pas réussi tout de suite à l'identifier, même avec nos jumelles. Bien que toutefois myopes, les cochons sauvages disposent d'un odorat prodigieux et celui-ci a chargé à une centaine de mètres de distance, se ruant avec bruit dans notre direction... mais nous avions pu réfléchir aux diverses possibilités, nous avions dégainé nos couteaux et la géomètre son fusil d'assaut. Les balles arrêteraient sans doute un sanglier de plus de trois cents kilos, mais nous ne pouvions en être certaines. Nous ne nous sentions pas de quitter l'animal des yeux pour sortir de notre matériel le coffret à triple verrouillage qui contenait nos pistolets.

La psychologue n'avait pas le temps de préparer une suggestion hypnotique qui nous garderait concentrées et calmes, elle n'a d'ailleurs pu que nous dire : « Ne vous approchez pas trop ! Ne le laissez pas vous toucher ! » tandis que le sanglier continuait à charger. L'anthropologue gloussait un peu, à la fois de nervosité et à cause de l'absurdité d'une situation d'urgence si lente à se développer. Seule la géomètre agissait, qui avait mis un genou à terre pour mieux viser : parmi nos ordres figurait l'utile directive de « ne tuer qu'en cas de danger de mort ».

Je continuais à observer l'animal avec les jumelles, et plus il approchait, plus sa face devenait étrange. On l'aurait dite crispée sous l'effet d'un prodigieux tourment intérieur. Si ni sa gueule ni sa longue et large face ne présentaient de caractéristiques inhabituelles, j'avais malgré tout l'impression saisissante d'une *présence* dans la manière dont son regard semblait tourné vers l'intérieur et sa tête délibérément tirée vers la gauche comme par une bride invisible. Dans ses yeux a pétillé une sorte d'électricité que je n'ai pu croire réelle. Je me suis dit que ce devait être le résultat dans les jumelles du léger tremblement apparu dans mes mains.

Ce qui consumait le sanglier n'a pas tardé à consumer son désir de charger. L'animal a tourné d'un coup sur sa gauche, avec ce que je ne peux que décrire comme un grand cri d'angoisse, puis s'est enfoncé dans les broussailles. Le temps qu'on arrive, il avait disparu en laissant dans son sillage une végétation complètement piétinée.

Pendant quelques heures, mes pensées se sont efforcées de trouver une explication à ce que j'avais vu : des parasites et autres auto-stoppeurs de nature neurologique. Je cherchais des théories biologiques entièrement rationnelles. Le sanglier a fini par ne plus ressortir davantage de la toile de fond que tout ce devant quoi nous étions passées depuis la frontière, et j'ai recommencé à regarder vers l'avenir.

Le lendemain du jour où nous avons découvert la tour, nous nous sommes levées tôt, avons pris notre petit-déjeuner et éteint notre feu. L'air était vif, ce qui n'avait rien d'inhabituel pour la saison. La géomètre a ouvert la réserve d'armes pour nous donner un pistolet chacune, elle-même gardant le fusil d'assaut, qui offrait l'avantage de comporter une lampe torche fixée sous le canon. Nous ne nous attendions pas à ouvrir ce coffret aussi vite, et même si personne n'a protesté, j'ai senti une nouvelle tension entre nous. Nous savions qu'avec leurs armes à feu, les membres de la deuxième expédition s'étaient suicidés et ceux de la troisième entretués. Il avait ensuite fallu plusieurs expéditions sans pertes humaines pour que nos supérieurs en redistribuent. Nous étions la douzième.

Nous sommes donc retournées toutes les quatre à la tour. Le soleil traversait la mousse et les feuilles, créant des archipels de lumière sur la surface plane de l'entrée. Celle-ci était toujours inanimée, sans rien de remarquable ni de menaçant... il fallait pourtant se forcer à garder les yeux dessus. J'ai remarqué que l'anthropologue consultait son boîtier noir et cela m'a soulagée que le voyant rouge soit resté éteint. S'il s'était allumé, nous aurions dû interrompre notre exploration, passer à autre chose. Ce que je ne voulais pas, malgré la pointe de peur.

« Vous pensez que ça descend profond ? a demandé l'anthropologue.

— Souviens-toi que nous allons mettre tous nos espoirs dans tes mesures, a répondu la psychologue en fronçant légèrement les sourcils. Les mesures ne mentent pas. Cette structure fait 18,7 mètres de diamètre et dépasse de 20,1 centimètres du sol. La cage d'escalier semble avoir été positionnée plus ou moins plein nord, ce qui pourrait nous apprendre un jour quelque chose sur sa création. Elle est constituée de pierre et de coquina, pas de métal et de brique. Il s'agit là de faits. Si elle ne figurait pas sur les cartes, ça veut peut-être juste dire qu'une tempête en a dégagé l'entrée. »

Sa foi dans les mesures et la manière dont elle justifiait l'absence de la tour sur les cartes m'ont paru bizarrement... attachantes ? Peut-être voulait-elle seulement nous rassurer, mais j'aimerais croire qu'elle cherchait à se rassurer elle-même. Nous mener tout en en sachant peut-être davantage que nous devait être difficile et la faire se sentir seule.

« J'espère que ce n'est pas trop enterré, qu'on puisse continuer de cartographier », a dit la géomètre en essayant de se montrer enjouée, mais elle a ensuite pris conscience, et nous avec elle, que le terme *enterré* hantait toute sa syntaxe et le silence est tombé.

« Je tiens à vous dire que je ne peux pas m'empêcher d'y penser comme à une *tour*, ai-je avoué. Je n'arrive pas à la considérer comme un tunnel. » Il me semblait important de faire la distinction avant qu'on descende, malgré l'influence que ça pouvait avoir sur leur évaluation de mon état mental. Je voyais une tour s'enfonçant sous terre. Penser que nous nous trouvions à son sommet me donnait un peu le vertige.

Les trois autres m'ont regardée comme si j'étais ce cri étrange au crépuscule. « Si ça te rend la vie plus facile, aucun problème pour moi », s'est enfin résignée à répondre la psychologue.

Un nouveau silence s'est installé, là, sous la cime des arbres. Un coléoptère est monté en spirale vers les branches en soulevant des grains de poussière. C'est seulement à ce moment-là, je pense, que nous avons toutes pris conscience d'être véritablement entrées dans la Zone X.

« Je vais y aller en premier, histoire de voir ce qu'il y a là-dessous », a fini par dire la géomètre, à qui nous nous en sommes remises avec plaisir.

La courbe de l'escalier était si prononcée et les marches si étroites qu'il fallait les descendre à reculons. Nous avons ôté les toiles d'araignées avec des bâtons et la géomètre s'est accroupie au sommet des marches. Elle est restée là en équilibre, son fusil en bandoulière, les yeux levés vers nous. Avec ses cheveux attachés sur la nuque, elle avait les traits durs et tirés. Était-ce le moment où nous étions censées l'arrêter ? Proposer un autre plan ? Si c'est le cas, aucune de nous n'en a eu le courage.

Son étrange petit sourire prétentieux donnant presque l'impression qu'elle nous jugeait, elle est descendue jusqu'à ce que seul son visage entouré de ténèbres reste visible, puis disparaisse lui aussi. Elle a laissé un vide qui m'a secouée, comme si en réalité l'inverse s'était produit et qu'un visage venait soudain de sortir de l'obscurité. J'ai eu un mouvement de recul qui m'a valu un coup d'œil de la psychologue. L'anthropologue était trop occupée à scruter l'escalier pour remarquer quoi que ce soit.

« Tout va bien ? » a lancé la psychologue à la géomètre. Tout allait bien moins d'une seconde auparavant. Qu'est-ce qui pouvait avoir changé depuis ?

La géomètre a répondu d'un grognement brusque, comme si elle partageait mon opinion. Nous l'avons entendue quelques secondes de plus descendre maladroitement ces petites marches. Il y a eu ensuite un silence, puis un autre mouvement, à un rythme différent, qui a semblé pendant un instant terrifiant venir d'un autre endroit.

Mais la géomètre nous a alors crié : « Rien à signaler à ce niveau ! » *À ce niveau.* Quelque part, je me suis réjouie que ma vision d'une *tour* ne soit pas encore démentie par les faits.

C'était le signal pour qu'on descende, l'anthropologue et moi, la psychologue restant monter la garde. « Il est temps d'y aller », a-t-elle dit du ton indifférent d'une institutrice qui laisse sortir sa classe.

J'ai été submergée par une émotion que je n'ai pu tout à fait identifier et des taches noires ont envahi quelques instants mon champ de vision. J'ai mis tant d'enthousiasme à suivre l'anthropologue dans les restes de toiles d'araignées et les carapaces d'insectes, à m'enfoncer dans la fraîcheur saumâtre de cet endroit, que j'ai failli la faire trébucher. Ma dernière vision du monde d'en haut : la psychologue qui me regardait, les sourcils un peu froncés, avec dans son dos les arbres, le bleu du ciel presque aveuglant comparé aux parois obscures de la cage d'escalier.

En bas, les ombres se sont allongées sur les parois. La température a chuté et les bruits se sont assourdis, les marches souples amortissant nos pas. À quelque chose comme six mètres sous la surface, elles ont débouché sur un endroit plat. La hauteur sous plafond y était d'environ deux mètres cinquante, ce qui signifiait plus de trois mètres cinquante de roche au-dessus de nos têtes. La géomètre éclairait avec la torche de son fusil d'assaut, mais elle nous tournait le dos pour examiner les murs, de couleur blanc cassé et dépourvus de tout ornement. Quelques fissures indiquaient soit le passage du temps, soit un soudain facteur de stress. La circonférence semblait identique à celle du sommet visible de l'extérieur, ce qui étayait là encore l'hypothèse d'une structure massive et unique enfouie dans la terre.

« Ça descend encore, a dit la géomètre en braquant son arme sur le coin complètement à l'opposé de l'ouverture par laquelle nous venions d'arriver : une arcade y donnait sur une obscurité évoquant un escalier qui descendait. Une tour, ce qui faisait de ce niveau moins un étage qu'un palier ou une partie de la tourelle. La géomètre s'est approchée de l'arcade alors que j'étais toujours plongée dans l'examen des murs avec ma torche. Leur vide même me fascinait. J'ai essayé d'imaginer qui avait construit l'endroit, mais je n'y suis pas arrivée.

J'ai repensé à la silhouette du phare, telle que je l'avais vue en fin d'après-midi durant notre premier jour au camp de base. Nous avions supposé qu'il s'agissait du phare parce que la carte en signalait un à cet endroit et que tout le monde admettait aussitôt que ça *devait* ressembler à un phare. En réalité, tant la géomètre que l'anthropologue avaient exprimé une sorte de *soulagement* en le voyant. Qu'il apparaisse à la fois sur la carte et dans la réalité les rassurait, les ancrait. Savoir à quoi il servait les rassurait encore davantage.

Pour la tour, nous ne savions rien de tout ça. Nous ne pouvions deviner son apparence globale. Nous n'avions aucune idée d'à quoi elle servait. Et maintenant que nous avions commencé à descendre dedans, elle ne révélait *toujours rien* de tout ça. La psychologue pouvait énoncer les mesures du « sommet » de la tour, ces chiffres ne signifiaient rien, n'avaient aucun contexte plus global. Sans contexte, s'accrocher à ces chiffres était une forme d'aliénation.

« Vu depuis les murs intérieurs, a dit l'anthropologue, le cercle a une régularité qui laisse penser à une certaine précision dans la construction du bâtiment. » Du *bâtiment*. Elle commençait déjà à ne plus le voir comme un tunnel.

Toutes mes pensées se sont déversées de mes lèvres, ultime écoulement de l'état qui s'était emparé de moi au sommet. « Mais à quoi il *sert* ? Et peut-on croire qu'il ne figure pas sur les cartes ? Est-ce qu'une des expéditions précédentes aurait pu le construire et le cacher ? » J'ai posé ces questions et d'autres encore sans attendre de réponse. Même si aucune menace ne s'était fait jour, il semblait important d'éliminer le moindre instant de silence possible. Comme si le vide des murs se nourrissait on ne sait comment de silence et que, si on n'y prenait pas garde, quelque chose pourrait apparaître dans les intervalles entre nos mots. Si j'avais exprimé cette angoisse à la psychologue, elle se serait inquiétée, je le sais. Mais j'étais davantage habituée à la solitude que les trois autres et, à ce moment-là de notre exploration, j'aurais qualifié l'endroit d'attentif.

Une exclamation de surprise de la géomètre m'a interrompue, sans nul doute au grand soulagement de l'anthropologue.

« Regardez! » a dit la géomètre en braquant sa torche dans l'arcade. Nous nous sommes précipitées à ses côtés, ajoutant nos faisceaux lumineux au sien.

Il y avait bel et bien un escalier qui descendait, cette fois en une courbe peu prononcée et avec des marches beaucoup plus larges, mais toujours du même matériau. Plus ou moins à hauteur d'épaule, soit peut-être un mètre cinquante, j'ai vu sur le mur intérieur de la tour ce que j'ai d'abord pris pour des plantes grimpantes vertes qui luisaient faiblement et s'enfonçaient dans l'obscurité. Je me suis soudain bêtement souvenue du papier peint floral dans la salle de bains de la maison où j'avais vécu avec mon mari. Puis les « plantes grimpantes » se sont précisées sous mes yeux et je me suis aperçue qu'il s'agissait de mots, tracés à main courante et composés de lettres saillant d'une quinzaine de centimètres sur la paroi.

« Continuez à éclairer », ai-je demandé aux deux autres en les bousculant pour descendre les premières marches. Le sang me circulait de nouveau à toute vitesse dans la tête, rugissement confus dans mes oreilles. Faire ces quelques pas a exigé de moi un contrôle absolu. Je ne pourrais vous dire à quelle impulsion j'obéissais, sauf que j'étais la biologiste et que cette chose semblait bizarrement organique. Si la linguiste avait été là, peut-être l'aurais-je laissée aller voir.

« Aucune idée de ce que c'est, mais n'y touche pas », a prévenu l'anthropologue.

J'ai hoché la tête, mais j'étais bien trop captivée par cette découverte : si l'envie m'avait prise de toucher ces mots au mur, je n'aurais pas pu m'en empêcher.

En approchant, ai-je été surprise de comprendre la langue dans laquelle ils étaient rédigés? Oui. Ai-je été envahie par une espèce d'exultation mêlée de peur? Oui. J'ai essayé de refouler les mille autres questions qui me venaient. D'une voix aussi calme que possible, consciente de l'importance du moment, j'ai lu à haute voix depuis le début: « *Là où gît le fruit étrangleur venu de la main du pêcheur je ferai apparaître les semences des morts pour les partager avec les vers qui...* »

La suite se perdait dans les ténèbres.

« Des mots? Des mots? » a demandé l'anthropologue.

Oui, des mots.

« Ils sont faits de quoi? » a voulu savoir la géomètre. Avaient-ils besoin d'être faits de quoi que ce soit?

L'éclairage braqué sur la phrase a frémi, baignant *Là où gît le fruit étrangleur* d'ombre et de lumière comme si une bataille faisait rage pour sa signification.

« Donnez-moi une seconde, il faut que j'approche. » Le fallait-il? Oui, il fallait que j'approche.

De quoi sont-ils faits?

Je n'y avais même pas pensé, alors que j'aurais dû : j'essayais toujours d'analyser la signification linguistique et l'idée ne m'était pas encore venue de prélever un échantillon physique. Mais quel soulagement que cette question! Elle m'a aidée à résister à la compulsion de continuer à lire, de descendre encore et encore dans l'obscurité plus épaisse jusqu'à ce qu'il n'y ait plus rien à lire. Déjà ces premières phrases s'insinuaient dans mon esprit de manière inattendue, y trouvant un terrain fertile.

Je me suis donc approchée, j'ai examiné *Là où gît le fruit étrangleur* et vu que les lettres, reliées par l'écriture cursive, étaient faites de ce qu'un profane aurait pris pour une mousse à l'apparence de fougère d'un vert riche, mais qui était sans doute une espèce de fongus ou autre organisme eucaryote. Les filaments recourbés dépassaient du mur en restant étroitement serrés les uns contre les autres. Une odeur de terreau émanait des mots, avec, plus légère et sous-jacente, celle de miel pourri. Cette forêt miniature *oscillait*, presque imperceptiblement, comme des algues dans un léger courant océanique.

D'autres choses existaient dans cet écosystème miniature, à moitié cachées par les filaments verts : des créatures pour la plupart translucides en forme de mains minuscules fixées par la base de la paume. Des nodules dorés recouvraient le bout de leurs « doigts ». Je me suis penchée davantage, comme une idiote, comme quelqu'un n'ayant pas eu plusieurs mois de formation à la survie ni jamais étudié la biologie. Comme quelqu'un induit à croire que les mots devaient être lus.

Par malheur – ou par chance ? –, une perturbation dans la circulation de l'air a déclenché à ce moment-là l'éclatement d'un nodule du *L* et provoqué une minuscule projection de spores dorées. J'ai reculé, non sans avoir l'impression que quelque chose m'était entré dans le nez et trouvé que l'odeur de miel pourri se faisait un tout petit peu plus forte.

Troublée, j'ai reculé encore davantage, en empruntant à la géomètre un de ses jurons préférés, mais sans le prononcer à voix haute. Mon instinct naturel me poussait toujours à la dissimulation. J'imaginais déjà comment la psychologue allait réagir à ma contamination, si le groupe apprenait celle-ci.

« Une espèce de fongus, ai-je fini par dire en inspirant à fond pour arriver à contrôler ma voix. Les lettres sont faites de fructifications. » Qui savait si c'était la vérité ? Ce n'était que ce qui se rapprochait le plus d'une réponse.

Ma voix a dû refléter un calme absent de mes pensées, car les deux femmes ont réagi sans la moindre hésitation. Rien dans leur ton n'a indiqué qu'elles avaient vu les spores me jaillir au visage. J'avais été si près. Et les spores si minuscules, si insignifiantes. *Je ferai apparaître les semences des morts.*

« Des mots ? En fongus ? a bêtement répété la géomètre.

— Aucune langue humaine répertoriée n'utilise une telle méthode d'écriture, a dit l'anthropologue. Y a-t-il des animaux qui communiquent de cette manière ? »

Je n'ai pas pu m'empêcher de rire. « Non, aucun animal ne communique de cette manière. » Ou alors j'avais oublié son nom, qui ne m'est jamais revenu depuis non plus.

« Tu plaisantes ? C'est une blague, hein ? » a demandé la géomètre. Elle semblait vouloir descendre me donner tort, mais n'a pas bougé.

« Des fructifications, ai-je répondu, comme en transe. Qui forment des mots. »

Un calme s'était emparé de moi. Une sensation contradictoire, comme si je ne pouvais ou ne voulais pas respirer, de toute évidence psychologique plutôt que physiologique. Je n'avais remarqué aucun changement physique et ça n'avait en quelque sorte pas la moindre importance. Je savais peu probable que nous ayons au camp un antidote à quelque chose d'aussi inconnu.

Plus que tout, l'information que j'essayais de traiter m'immobilisait. Les mots étaient composés de fructifications symbiotiques d'une espèce que je ne connaissais pas. Et la présence de spores sur les mots signifiait que plus nous nous enfoncerions dans cette tour pour l'explorer, plus l'air contiendrait de particules susceptibles de nous contaminer. Y avait-il la moindre raison de transmettre aux autres ces informations qui ne feraient que les inquiéter ? Non, ai-je décidé, peut-être par égoïsme. Il était plus important de leur éviter une exposition directe avant que nous puissions revenir avec l'équipement adéquat. Toute autre évaluation dépendait de facteurs environnementaux et biologiques sur lesquels j'étais de plus en plus convaincue que je manquais de données.

J'ai remonté les quelques marches jusqu'au palier. La géomètre et l'anthropologue semblaient en attente, comme si je pouvais leur en dire davantage. L'anthropologue en particulier était sur les nerfs : son regard passait d'un endroit à l'autre sans jamais s'attarder. Peut-être aurais-je pu donner de fausses informations mettant fin à cette quête incessante. Mais qu'aurais-je pu leur dire sur les mots du mur, à part qu'ils étaient impossibles, absurdes ou les deux à la fois ? J'aurais préféré qu'ils aient été écrits dans une langue *inconnue* : le mystère aurait été moins difficile à résoudre pour nous, en quelque sorte.

« On devrait remonter », ai-je dit aux deux autres. Non que c'était selon moi la meilleure chose à faire, mais parce que je voulais limiter leur exposition aux spores jusqu'à ce que je puisse voir leurs effets à long terme sur moi. Je savais aussi qu'en restant ici, je risquais de ressentir le besoin irrésistible de redescendre lire les mots suivants, ce dont il faudrait m'empêcher physiquement… et j'ignorais de quelle manière je réagirais à ce moment-là.

La géomètre et l'anthropologue n'ont pas discuté. Mais pendant la remontée, j'ai eu un instant de vertige malgré l'espace clos, une espèce de panique fugitive qui a soudain donné un aspect charnu aux parois, comme si nous avancions dans l'œsophage d'un animal.

Quand nous avons raconté à la psychologue ce que nous avions vu, quand j'ai répété une partie des mots, elle a d'abord semblé figée dans une posture curieusement attentive. Elle a ensuite décidé de descendre les voir. Je me suis demandé si je devais le lui déconseiller. « Contente-toi de les observer du haut des marches, ai-je fini par dire. Des fois qu'il y ait des toxines. Quand on reviendra, on ferait mieux de porter des masques de protection. » Au moins, ce matériel-là, nous l'avions hérité de l'expédition précédente, dans un caisson fermé.

« *La paralysie n'est pas une analyse pertinente ?* » m'a-t-elle lancé avec un regard lourd de sous-entendus. J'ai senti comme une démangeaison, mais n'ai rien dit, n'ai pas bougé. Les deux autres n'ont même pas semblé s'apercevoir qu'elle avait parlé. Je ne me suis rendu compte que plus tard qu'elle avait essayé de me contraindre par une suggestion hypnotique destinée à moi seule.

Ma réaction figurait apparemment parmi celles acceptables, car la psychologue est descendue tandis que nous l'attendions avec angoisse en haut. Que ferions-nous si elle ne revenait pas ? J'ai été prise d'un sentiment de propriété. Ça me perturbait de me dire qu'elle pourrait ressentir le même besoin de continuer sa lecture et y céder. Même si j'ignorais la signification de ces mots, je voulais qu'ils en aient afin de pouvoir plus rapidement chasser le doute, réintégrer la raison dans toutes mes équations. Ces pensées ont détourné mon attention de l'effet des spores sur mon système.

Par chance, les deux autres n'avaient pas envie de discuter en attendant que la psychologue revienne, ce qu'elle a fait au bout de seulement quinze minutes, remontant l'escalier incommode en clignant des yeux pour s'adapter à la luminosité.

« Intéressant », a-t-elle dit d'un ton neutre, dressée au-dessus de nous, en débarrassant ses vêtements des toiles d'araignées. « Je n'avais jamais rien vu de la sorte. » Elle a semblé sur le point de rajouter quelque chose, mais s'est ravisée.

Ce qu'elle avait déjà dit confinait à la stupidité et je ne semblais pas la seule de cet avis.

« Intéressant ? a répété l'anthropologue. Personne n'a jamais rien vu de tel dans toute l'histoire de l'humanité. Personne. *Jamais.* Et tu trouves ça *intéressant* ? » Elle paraissait au bord de l'hystérie. La géomètre les regardait toutes deux comme si c'étaient *elles* les organismes inconnus.

« As-tu besoin que je te calme ? » a demandé la psychologue d'une voix si dure que l'anthropologue a baissé les yeux en marmonnant quelque chose qui n'engageait à rien.

J'ai profité du silence pour faire moi-même une proposition. « On a besoin de temps pour réfléchir à ce truc. Pour décider de ce qu'on va faire. » Je voulais bien entendu dire que j'en avais besoin, moi, afin de voir si les spores que j'avais inhalées auraient un effet assez marqué sur moi pour que j'avoue ce qui m'était arrivé.

« On n'en a peut-être pas assez pour ça », a dit la géomètre. De nous quatre, je crois que c'est elle qui avait le mieux compris les conséquences de ce que nous avions vu : que nous vivions peut-être à présent dans une espèce de cauchemar. Mais la psychologue l'a ignorée pour se ranger à mon avis. « Il nous faut du temps. Nous devrions passer le reste de la journée à faire ce qu'on nous a envoyées faire. »

Nous sommes donc rentrées au camp déjeuner, puis nous consacrer aux « choses ordinaires », en restant pour ma part à l'écoute des changements dans mon corps. Avais-je trop froid ou trop chaud ? Cette douleur au genou provenait-elle d'une ancienne blessure récoltée lors de recherches sur le terrain ou était-elle nouvelle ? Je suis allée jusqu'à vérifier le boîtier noir, mais il n'y avait rien à signaler de ce côté. Je n'avais remarqué aucun changement radical en moi, et alors que nous prélevions des échantillons et prenions des mesures aux alentours immédiats du camp – comme si nous aventurer trop loin reviendrait à nous remettre sous le contrôle de la tour –, je me suis détendue petit à petit, je me suis dit que les spores n'avaient eu aucun effet… même si je savais que certaines espèces avaient une période d'incubation de plusieurs mois ou plusieurs années. J'imagine que je pensais simplement ne courir aucun risque pendant au moins quelques jours.

La géomètre s'est attachée à ajouter des détails et des nuances aux cartes que nous avaient fournies nos supérieurs. L'anthropologue est allée examiner les restes de quelques huttes à cinq cents mètres de là. La psychologue est restée sous sa tente à écrire dans son journal. Peut-être notait-elle qu'elle était entourée d'imbéciles, ou racontait-elle instant par instant nos découvertes matinales.

Quant à moi, j'ai passé une heure à observer une minuscule grenouille arboricole rouge et vert posée sur une grande feuille épaisse, puis une autre à suivre à la trace une libellule noire irisée qu'on n'aurait pas dû pouvoir croiser au niveau de la mer. Le reste du temps, j'ai exploré la côte et le phare aux jumelles du sommet d'un pin. J'aimais grimper. J'aimais aussi l'océan et je me suis aperçue que l'observer avait un effet apaisant. L'air était si propre, si pur, tandis que le monde de l'autre côté de la frontière était, comme il l'avait toujours été à l'ère moderne, sale, défraîchi, imparfait, en déclin, en guerre contre lui-même. Là-bas, mon travail m'avait toujours fait l'impression d'une simple et futile tentative pour nous sauver de ce que nous sommes.

La richesse de la biosphère de la Zone X se reflétait dans la grande variété d'oiseaux : cela allait des fauvettes et des pics flamboyants aux cormorans et aux ibis noirs. Je voyais aussi une petite partie des prés salés, où l'attention que je leur portais a été récompensée par l'apparition de deux loutres que j'ai pu observer tout une minute aux jumelles. À un moment, elles ont levé les yeux et j'ai eu l'étrange impression qu'elles me voyaient en train de les regarder. En pleine nature, j'avais souvent ce sentiment que les choses n'étaient pas tout à fait ce dont elles avaient l'air, sentiment que je devais refouler pour l'empêcher d'affecter mon objectivité scientifique. Il y avait aussi autre chose, je ne sais quoi, qui se déplaçait lourdement entre les roseaux, mais plus près du phare et dissimulé par le couvert. Un peu plus tard, la végétation a cessé d'être perturbée et j'ai complètement perdu la trace de la chose. Je me suis dit que ce devait encore être un sanglier, puisque certains nageaient très bien et pouvaient être tout aussi omnivores dans leur habitat que dans leur alimentation.

Au crépuscule, cette stratégie d'immersion dans nos occupations avait plus ou moins réussi à nous calmer les nerfs. La tension s'est un peu relâchée et nous avons même échangé quelques plaisanteries pendant le dîner. « J'aimerais bien savoir à quoi tu penses », m'a avoué l'anthropologue, et à ma grande surprise, les trois autres ont ri quand je lui ai répondu : « Oh que non, tu n'aimerais pas. » Je ne voulais pas de leurs voix dans ma tête, de leurs idées sur moi, ni de leurs propres histoires et problèmes. Pourquoi voudraient-elles des miens ?

Mais qu'un sentiment de camaraderie commence à se développer entre nous ne me posait aucun problème, même s'il s'avérerait éphémère. La psychologue nous a autorisées à prendre deux bières chacune dans la réserve d'alcool, ce qui nous a détendues au point que j'ai même maladroitement exprimé l'idée de rester en contact d'une façon ou d'une autre une fois la mission terminée. Ayant cessé d'essayer de détecter en moi des réactions physiologiques ou psychologiques aux spores, je me suis rendu compte que la géomètre et moi nous entendions mieux que je m'y attendais. Je n'appréciais toujours pas vraiment l'anthropologue, mais surtout dans le contexte de la mission et non à cause de quelque chose qu'elle m'avait dit. Elle me donnait jusqu'à présent l'impression qu'une fois sur le terrain, tout comme certains athlètes sont bons à l'entraînement et pas en compétition, elle manquait de force mentale. Même si se porter volontaire pour une mission de ce genre était assez significatif.

Peu après la tombée de la nuit, quand le cri est venu des marais alors que nous étions assises autour du feu, nous avons commencé par lui répondre, rendues fanfaronnes par la boisson. La bête nous faisait désormais l'effet d'une vieille copine, comparée à la tour. Nous étions persuadées que nous finirions par la photographier, par documenter son comportement, par la cataloguer, par lui attribuer une place dans la taxonomie des êtres vivants. Elle deviendrait connue d'une manière dont la tour ne deviendrait peut-être jamais, à notre grande crainte. Mais nous avons cessé de lui répondre quand ses gémissements se sont intensifiés, comme de colère, comme si elle savait que nous nous moquions d'elle. Nous avons alors éclaté d'un rire nerveux, ce qui a incité la psychologue à nous préparer au lendemain.

« Demain, nous retournerons au tunnel. Nous descendrons plus loin en prenant certaines précautions – en portant des masques de protection, comme quelqu'un l'a proposé. Nous noterons ce qui est écrit sur les murs et j'espère que nous pourrons le dater. Et peut-être aussi estimer la profondeur à laquelle descend le tunnel. L'après-midi, nous reprendrons notre exploration des environs. Même programme les jours suivants jusqu'à ce que nous pensions en savoir assez sur le tunnel et la manière dont il s'intègre dans la Zone X. »

La tour, pas le tunnel. Elle en parlait avec tant d'enthousiasme qu'on aurait cru qu'il s'agissait d'examiner un centre commercial abandonné… mais son ton donnait l'impression de paroles préparées.

Elle s'est levée tout à coup en prononçant trois mots : « *Renforcement d'autorité.* »

Aussitôt, l'anthropologue et la géomètre près de moi se sont complètement relâchées, le regard dans le vague. Bien que stupéfaite, je les ai imitées en espérant que la psychologue ne remarquerait pas mon temps de retard. Je ne ressentais aucune compulsion à le faire, mais nous avions de toute évidence été préprogrammées pour nous mettre en transe hypnotique dès que la psychologue prononçait ces mots.

Désormais plus autoritaire dans son comportement, elle a dit : « Vous conserverez le souvenir d'avoir discuté de plusieurs possibilités concernant le tunnel. Vous vous apercevrez que vous êtes en fin de compte tombées d'accord avec moi sur ce qu'il y avait de mieux à faire et vous n'avez plus aucun doute à ce sujet. Penser à cette décision vous procurera à chaque fois une impression de calme et vous garderez votre calme une fois de retour dans le tunnel, même si vous réagirez au moindre stimulus conformément à votre instruction. Vous ne prendrez aucun risque inconsidéré.

» Vous continuerez de voir une structure faite de pierre et de coquina. Vous aurez une confiance aveugle en vos collègues, que vous ne cesserez pas un instant de considérer comme vos camarades. Quand vous ressortirez de la structure, chaque oiseau que vous verrez voler provoquera une nette impression de faire *comme il faut*, d'être *où il faut*. Quand je claquerai des doigts, vous ne garderez aucun souvenir de cette conversation, mais suivrez mes directives. Vous allez vous sentir très fatiguées et voudrez vous retirer dans vos tentes pour prendre une bonne nuit de sommeil avant les activités de demain. Vous ne rêverez pas. Vous n'aurez pas de cauchemars. »

J'ai regardé droit devant moi alors qu'elle prononçait ces paroles et quand elle a claqué des doigts, j'ai adopté le même comportement que les deux autres. Je ne crois pas que la psychologue ait eu le moindre soupçon, et je me suis retirée dans ma tente au même moment que les autres.

J'avais à présent de nouvelles données à traiter, en plus de la tour. Nous savions que le rôle de la psychologue consistait à fournir calme et équilibre dans une situation pouvant devenir stressante et qu'il incluait l'utilisation de suggestion sous hypnose. Je ne pouvais pas reprocher à la psychologue d'avoir rempli ce rôle. Mais de l'avoir vue faire si ouvertement me troublait. Ce sont deux choses très différentes que penser être la cible d'une suggestion sous hypnose et assister à celle-ci comme observatrice. Quel niveau de contrôle pouvait-elle exercer sur nous ? Que voulait-elle dire en nous enjoignant de continuer de considérer la tour comme faite de coquina et de roche ?

Mais plus important encore, je devinais à présent un des effets des spores : elles m'avaient immunisée contre les suggestions sous hypnose de la psychologue. Elles avaient fait de moi une espèce de conspiratrice contre elle. Même si ses intentions étaient bonnes, l'angoisse m'envahissait à l'idée d'avouer que je résistais à l'hypnose… d'autant plus que ça impliquait que tout *conditionnement* sous-jacent dissimulé dans notre instruction avait de moins en moins d'effet sur moi.

Je dissimulais désormais non pas un, mais deux secrets, ce qui voulait dire que progressivement, irrévocablement, je prenais mes distances avec cette expédition comme avec ses buts.

Ces missions avaient déjà connu des prises de distance sous diverses formes. Je le comprenais parce qu'on nous avait permis, à moi et aux autres, de regarder les bandes-vidéo des entretiens réalisés avec les membres de la onzième expédition après leur retour. Une fois qu'on avait su qu'ils avaient repris leur vie d'avant, on les avait placés en quarantaine et interrogés sur ce qui leur était arrivé. Dans la plupart des cas, les membres de leur famille, troublés ou effrayés par cette réapparition, avaient eu le bon sens d'appeler les autorités. Tous les papiers trouvés sur eux avaient été confisqués par nos supérieurs pour examen et étude. On nous a autorisées à les voir aussi.

Les entretiens étaient assez courts et les huit membres de l'expédition y racontaient la même histoire. Ils n'avaient constaté aucun phénomène inhabituel durant leur séjour dans la Zone X, n'avaient rien mesuré d'inhabituel ni remarqué de conflit intérieur inhabituel. Mais chacun d'eux avait fini par ressentir un désir intense de rentrer chez lui et l'avait fait. Aucun d'eux ne pouvait expliquer comment il avait réussi à retraverser la frontière, ni pourquoi il avait regagné directement son foyer sans d'abord rendre compte à ses supérieurs. L'un après l'autre, ils avaient tout simplement renoncé à l'expédition et abandonné leurs journaux pour se retrouver chez eux. On ne savait pas comment.

Pendant ces entretiens, ils ne s'étaient pas départis d'une expression amicale et d'un regard franc. Ils parlaient d'une manière un peu terne, mais qui ne détonnait pas avec l'espèce de calme général, de comportement presque rêveur que tous avaient depuis leur retour... même le vigoureux petit homme qui avait été l'expert militaire de l'expédition, personnalité vive et énergique au moment du départ. En matière d'affect, ils me semblaient tous identiques. J'avais le sentiment qu'ils voyaient à présent le monde comme derrière une sorte de voile, qu'ils répondaient aux questions depuis un endroit très éloigné dans l'espace et le temps.

Quant aux papiers, ils consistaient en brèves descriptions ou en croquis de paysages de la Zone X. Avec aussi des dessins humoristiques d'animaux ou des caricatures d'autres membres de l'expédition. Tous avaient, à un moment ou à un autre, dessiné le phare ou parlé de lui par écrit. Chercher un sens caché dans ces papiers revenait à en chercher un dans le monde naturel qui nous entoure. S'il y en avait un, il ne pouvait être activé que par l'œil de celui qui regardait.

À l'époque, cherchant l'oubli, je voulais trouver dans ces visages neutres et anonymes, y compris le plus douloureusement familier, un genre d'échappatoire inoffensive. Une mort qui ne voudrait pas dire être mort.

02 : Intégration

Je me suis réveillée le lendemain matin avec des perceptions sensorielles plus fines, si bien que même l'écorce rêche et marron des pins ou la très ordinaire brusque descente en piqué d'un pivert m'apparaissaient comme une espèce de petite révélation. Il ne restait plus rien de la fatigue persistante due aux quatre jours de marche entre la frontière et le camp de base. Effet secondaire des spores ou simple résultat d'une bonne nuit de sommeil ? Je me sentais tellement revigorée que je m'en fichais un peu.

Ces agréables pensées n'ont cependant pas tardé à être gâchées par de très mauvaises nouvelles. L'anthropologue était partie, sa tente vidée de ses effets personnels. Pire, de mon point de vue, la psychologue semblait secouée et n'avoir pas fermé l'œil de la nuit. Elle plissait bizarrement les yeux, ses cheveux plus ébouriffés que d'habitude. J'ai remarqué des saletés sur le côté de ses chaussures de randonnée. Elle paraissait se servir plus volontiers de son côté droit, comme si elle avait été blessée.

« Où est l'anthropologue? » a voulu savoir la géomètre tandis que je restais en retrait en essayant de me faire ma propre idée de la situation. *Qu'est-ce que tu as fait de l'anthropologue?* avais-je envie de demander tout en sachant ma question injuste. La psychologue était toujours la même personne; que je connaisse le secret de son spectacle de magie ne faisait pas forcément d'elle une menace.

Elle a opposé à notre panique croissante une étrange déclaration : « Je lui ai parlé tard hier soir. Ce qu'elle a vu dans cette... structure... l'a tellement déconcertée qu'elle n'a plus voulu continuer. Elle est repartie à la frontière attendre l'extraction. En emportant un rapport préliminaire pour informer nos supérieurs des progrès que nous avons faits. » Son habitude de se laisser aller à un mince sourire à des moments inappropriés m'a donné envie de la gifler.

« Mais elle a laissé des trucs à elle... y compris son pistolet, a dit la géomètre.

— Elle n'a emmené que le strict nécessaire pour nous laisser davantage de matériel... et une arme supplémentaire.

— Tu penses qu'on en a besoin d'une de plus? » lui ai-je demandé. J'étais sincèrement curieuse. D'une certaine manière, je la trouvais aussi fascinante que la tour. Ses motivations, ses raisons. Pourquoi ne pas recourir à l'hypnose à ce moment-là? Peut-être que même avec notre conditionnement sous-jacent, certaines choses ne pouvaient être suggérées, ou perdaient de leur force quand on les répétait, ou peut-être la psychologue manquait-elle de force pour ça après les événements de la nuit.

« Je pense qu'on ne sait pas ce dont on a besoin, a-t-elle répondu. En tout cas, on n'a absolument pas besoin de l'anthropologue si elle n'est pas en mesure de faire son boulot. »

La géomètre et moi l'avons regardée fixement. La géomètre avait les bras croisés. On nous avait appris à surveiller de près l'apparition des premiers signes de dysfonctionnement ou de stress mental soudains chez nos collègues. Elle pensait sans doute comme moi : nous avions le choix, à présent. Nous pouvions accepter ou non cette explication de la disparition de l'anthropologue. La refuser revenait à dire que la psychologue nous avait menti, et donc à rejeter son autorité à un moment critique. Et si nous prenions le chemin de la frontière pour rattraper l'anthropologue et lui demander sa version des faits... aurions-nous ensuite envie de revenir au camp de base ?

« On devrait continuer comme prévu, a dit la psychologue. On devrait examiner la... tour. » Dans un tel contexte, le mot *tour* donnait l'impression d'un appel éhonté à ma loyauté.

Mais la géomètre hésitait encore, comme si elle luttait contre la suggestion hypnotique de la veille. Ce qui m'a inquiétée d'une autre manière. Je ne quitterais pas la Zone X avant d'avoir exploré la tour. C'était un fait enraciné au plus profond de moi. Et dans ce contexte, perdre aussi vite un autre membre de l'expédition, ce qui me laisserait seule avec la psychologue, m'était insupportable : je n'étais pas sûre d'elle et n'avais toujours aucune idée de l'effet des spores sur moi.

« Elle a raison, ai-je dit. On devrait poursuivre la mission. On peut se passer de l'anthropologue. » Mais le regard lourd de sous-entendus que je posais sur la géomètre montrait clairement à l'une comme à l'autre qu'il faudrait reparler de l'anthropologue à un moment ou à un autre.

La mine maussade, la géomètre a hoché la tête et détourné les yeux.

La psychologue a poussé un soupir de soulagement ou d'épuisement qui ne nous a pas échappé. « Bien, voilà qui est réglé », a-t-elle dit en passant devant la géomètre pour aller s'occuper du petit-déjeuner. C'était toujours l'anthropologue qui s'en était chargée jusqu'à présent.

Une fois à la tour, la situation avait de nouveau changé. La géomètre et moi avions préparé de petits sacs à dos avec suffisamment de nourriture et d'eau à l'intérieur pour passer la journée entière en bas. Nous avions toutes deux nos armes. Nous avions toutes deux mis un masque pour nous protéger des spores, même s'il était trop tard en ce qui me concernait. Nous portions toutes deux un casque à frontale.

Mais la psychologue est restée sur l'herbe juste en dehors du cercle de la tour, un peu plus bas que nous. « Je vais monter la garde ici, a-t-elle dit.

— La garde contre quoi ? » ai-je demandé, incrédule. Je voulais la surveiller. Je voulais qu'elle partage les risques de l'exploration, pas qu'elle reste en haut, avec tout le pouvoir sur nous qu'impliquait une telle position.

La géomètre n'avait pas l'air ravie non plus. Elle a dit d'une voix presque suppliante, signe, peut-être, d'un important stress refoulé : « Tu es censée nous accompagner. C'est plus sûr à trois.

— Mais vous avez besoin de savoir que l'entrée est sécurisée. » Elle a introduit un chargeur dans son pistolet. Le frottement du métal a fait davantage de bruit que j'aurais cru.

La géomètre s'est tellement crispée sur son fusil d'assaut que ses phalanges ont blanchi. « Il faut que tu descendes avec nous.

— Il n'y a pas de *récompense au risque* de descendre toutes les trois », a répliqué la psychologue sur un ton qui m'a permis de reconnaître un ordre hypnotique.

La géomètre s'est détendue et ses traits se sont curieusement brouillés pendant une seconde.

« Tu as raison, a-t-elle dit. Oui, c'est évident. Rien de plus logique. »

Un frisson de peur a parcouru ma colonne vertébrale. Nous étions désormais deux contre une.

J'y ai réfléchi un instant, j'ai pris la pleine mesure du regard que la psychologue tournait vers moi. Des scénarios cauchemardesques, paranoïaques me sont venus en tête. Nous trouvions l'entrée condamnée à notre retour, nous nous faisions descendre par la psychologue au moment de ressortir à l'air libre. Sauf qu'elle aurait pu nous tuer dans notre sommeil à n'importe quel moment de la semaine.

« Ce n'est pas si important, ai-je fini par dire. Tu nous es aussi utile en haut qu'en bas. »

Nous sommes donc descendues, comme la fois précédente, sous le regard attentif de la psychologue.

La première chose que j'ai remarquée, une fois sur l'espèce de palier qui permettait d'accéder à l'escalier en colimaçon plus large, avant de retrouver les mots écrits sur le mur... a été que la tour *respirait*. La tour *respirait* et les parois lorsque je les ai touchées ont renvoyé l'écho d'une pulsation... et elles n'étaient pas en pierre mais *en tissu vivant*. Elles étaient toujours vierges, mais dégageaient une espèce de phosphorescence blanc argenté. Le monde a semblé tituber, je me suis laissé tomber près du mur et la géomètre est venue m'aider à me relever. Je crois que quand je me suis enfin remise debout, je tremblais. Je ne sais pas si je peux traduire en mots l'énormité de ce moment. La tour était un genre d'être vivant. *Nous descendions dans un organisme.*

« Qu'est-ce qui ne va pas ? m'a demandé la géomètre d'une voix étouffée par son masque. Qu'est-ce qui s'est passé ? »

Je lui ai pris la main pour plaquer sa paume à la paroi.

« Lâche-moi ! » Elle a essayé de se dégager, mais j'ai tenu bon.

« Tu sens ? ai-je demandé, obstinée. Tu le sens ?

— Je sens *quoi* ? De quoi tu parles ? » Elle avait peur, bien entendu. Mon comportement lui paraissait irrationnel.

J'ai insisté quand même : « Une vibration. Une sorte de battement. » J'ai ôté ma main et reculé d'un pas.

La géomètre a inspiré longuement, profondément, la paume toujours contre le mur. « Non. Peut-être. Non. Non, rien.

— Et le mur, il est fait de quoi ?

— De pierre, évidemment. » Dans le faisceau de ma frontale, son visage semblait creusé d'ombres, ses yeux immenses et cerclés d'obscurité, son nez et sa bouche absents à cause du masque.

J'ai inspiré à fond. J'avais envie de tout raconter : que j'avais été contaminée, que la psychologue nous hypnotisait bien davantage qu'on pouvait le croire. *Que les murs étaient faits de tissu vivant.* Mais je n'ai rien dit. Au lieu de ça, j'ai « arrêté mes conneries », comme disait mon mari. Je les ai arrêtées parce qu'on allait continuer et que la géomètre ne voyait pas ce que je voyais, ne vivait pas la même chose que moi. Et je ne pouvais pas le lui faire voir.

« Laisse tomber, ai-je dit. J'ai été désorientée une seconde.

— Écoute, on ferait mieux de remonter. Tu paniques. » On nous avait prévenues que dans la Zone X, il n'était pas impossible qu'on voie des choses qui n'existaient pas. Je sais qu'elle pensait que ça m'était arrivé.

J'ai soulevé le boîtier noir accroché à ma ceinture. « Non… il ne clignote pas. Tout va bien. » C'était une plaisanterie, pas terrible, mais une plaisanterie.

« Tu as vu quelque chose qui n'existait pas. » Elle n'allait pas me laisser m'en tirer comme ça.

Et toi, tu ne vois pas ce qui existe, ai-je pensé.

« Possible, ai-je reconnu, mais c'est important aussi, non ? Ça fait partie du truc, tu ne crois pas ? Des rapports qu'on écrit ? Et quelque chose que je vois et pas toi pourrait être important. »

Elle y a réfléchi. « Tu te sens comment, là, maintenant ?

— Très bien, ai-je menti. Je ne vois rien », ai-je menti. Mon cœur me faisait l'impression d'un animal essayant de sortir du piège de ma poitrine. Un halo de la même phosphorescence blanche que les murs entourait à présent la géomètre. Rien ne refluait. Rien ne me quittait.

« Alors on continue, a dit la géomètre. Mais seulement si tu me promets de m'avertir si tu revois quoi que ce soit d'inhabituel. »

Je me souviens que j'ai failli éclater de rire. *D'inhabituel*? Comme des mots bizarres sur un mur? Écrits au milieu de minuscules communautés de créatures d'origine inconnue.

« Promis. Pareil de ton côté, d'accord? » Je renversais les rôles pour lui faire comprendre que ça pourrait lui arriver aussi.

« Mais si tu me touches encore, tu vas le regretter. »

J'ai hoché la tête. Se rendre compte que j'étais physiquement plus forte qu'elle ne lui plaisait pas.

Conformément à cet accord imparfait, nous nous sommes avancées jusqu'aux marches pour descendre dans l'œsophage de la tour, les profondeurs se révélant dans une espèce de spectacle horrifique d'une telle beauté et d'une telle biodiversité que je n'arrivais pas à tout appréhender pleinement. Mais j'ai essayé, exactement comme je l'ai toujours fait, même au tout début de ma carrière.

Chaque fois qu'on me demandait pourquoi j'étais devenue biologiste, je repensais à la piscine recouverte de végétation dans le jardin de la maison de location où j'ai grandi. Ma mère était une artiste-peintre sur les nerfs qui connaissait une certaine réussite, mais aimait un peu trop l'alcool et avait toujours du mal à trouver de nouveaux clients, tandis que mon père, comptable sous-employé, se spécialisait dans des méthodes pour s'enrichir vite qui rapportaient rarement quoi que ce soit. Ni l'un ni l'autre ne semblaient capables de se concentrer durablement sur une seule et même chose. J'avais parfois l'impression d'avoir été placée chez eux et non d'être leur fille.

Ils n'avaient ni la volonté ni l'envie de nettoyer la piscine haricot, pourtant de petite taille. Peu après notre emménagement, la pelouse qui l'entourait est devenue trop haute. L'herbe carex et d'autres grandes plantes se sont généralisées. Les petits buissons qui bordaient la clôture autour de la piscine se sont élancés à l'assaut du grillage, qu'ils ont masqué. La mousse s'est incrustée dans les fentes du chemin carrelé sur le périmètre. La pluie a peu à peu fait monter l'eau qui a fini par tourner à cause des algues. Des libellules ne cessaient de passer en reconnaissance. Des grenouilles-taureaux sont venues s'installer, leurs têtards des taches difformes qu'on voyait gigoter sans cesse. Les araignées d'eau et les coléoptères aquatiques ont commencé à prendre leurs aises. Plutôt que de me débarrasser de mon aquarium de cent litres comme le voulaient mes parents, j'ai relâché les poissons dans la piscine et certains ont survécu au choc. Les oiseaux locaux, comme les hérons et les aigrettes, ont fait leur apparition, attirés par les grenouilles, les poissons et les insectes. Et, miracle, des petites tortues se sont mises à vivre dans la piscine, même si je n'ai aucune idée de la manière dont elles se sont retrouvées là.

Quelques mois après notre arrivée, la piscine était devenue un écosystème fonctionnel. J'entrais doucement par le portail en bois qui grinçait pour aller observer les lieux depuis une chaise de jardin rouillée que j'avais installée dans le coin le plus éloigné. Malgré une peur intense et légitime de me noyer, j'avais toujours adoré me trouver à proximité de plans d'eau.

Dans la maison, mes parents se livraient aux activités banales et malpropres auxquelles se livraient en général, et parfois bruyamment, les êtres du monde humain. Mais je pouvais sans mal me perdre dans le micromonde de la piscine.

Voyant à quoi je m'intéressais, mes parents n'ont pas manqué de se lancer dans de grands discours inquiets sur mon introversion chronique, comme s'ils pouvaient ainsi me convaincre qu'ils avaient toujours prise sur les événements. Je n'avais pas assez (ou pas du tout) d'amis, me rappelaient-ils. Je ne semblais pas m'en donner la peine. Je pourrais gagner de l'argent en travaillant à temps partiel. Mais quand je leur ai raconté qu'à plusieurs reprises, tel un fourmilion malgré lui, j'avais dû échapper aux petits durs en me cachant au fond des trous à gravier dans les champs abandonnés derrière l'école, ils n'ont rien trouvé à répondre. Tout comme quand j'ai frappé « sans raison » au visage une camarade d'école qui m'avait dit bonjour dans la file d'attente de la cantine.

Nous avons donc continué ainsi, chacun enfermé dans ses impératifs. Ils avaient leur vie, j'avais la mienne. J'aimais par-dessus tout me prétendre biologiste, et faire semblant conduit souvent à devenir une copie assez fidèle de ce qu'on imite, ne serait-ce que vu de loin. J'ai consigné dans plusieurs journaux mes observations sur la piscine. Je connaissais chacune des grenouilles, Vieux Sauteur si différent d'Affreux Bondisseur, et savais quel mois je pouvais m'attendre à voir des jeunes grouiller et sautiller dans l'herbe.

Je savais quelles espèces de hérons restaient toute l'année et quelles autres migraient. Les coléoptères et les libellules étaient plus difficiles à identifier, leurs cycles de vie plus difficiles à deviner, mais j'essayais assidûment de les comprendre malgré tout. Tout ça en évitant les livres sur la biologie ou l'écologie. Je voulais d'abord faire mes découvertes moi-même.

Si ça n'avait tenu qu'à moi – fille unique experte en manières d'employer sa solitude –, j'aurais continué à observer ce paradis miniature jusqu'à la fin des temps. J'avais même fixé avec les moyens du bord une lumière waterproof à un appareil photo submersible et comptais relier un long câble au déclencheur pour prendre des clichés sous la surface noire. J'ignore totalement si ça aurait fonctionné, parce que soudain, je n'ai plus eu tout le temps du monde devant moi. Notre chance a tourné et nous n'avons plus pu payer le loyer. Nous avons déménagé dans un minuscule appartement, rempli des tableaux de ma mère qui, pour moi, ressemblaient tous à du papier peint. Un des grands traumatismes de ma vie a été mon inquiétude pour cette piscine. Les nouveaux propriétaires verraient-ils la beauté et l'importance de la laisser en l'état, ou bien la détruiraient-ils, provoquant sans y penser un massacre pour rendre à la piscine sa véritable fonction ?

Je ne l'ai jamais découvert... je ne pouvais supporter d'y retourner, même si je n'oublierais jamais non plus la richesse de cet endroit. Je n'ai pu que regarder vers l'avenir, tirer parti de ce que m'avaient appris mes observations des habitants de la piscine. Et je n'ai jamais regardé en arrière, pour le meilleur ou pour le pire. Si un projet épuisait son financement ou si la zone que nous étudions était soudain achetée pour aménagement, je n'y remettais jamais les pieds. Il y a certaines formes de mort qu'on ne devrait pas s'attendre à revivre, certaines formes de liens si profonds que quand ils disparaissent, on sent soudain quelque chose casser en soi.

Au fur et à mesure que nous descendions dans la tour, j'ai senti, pour la première fois depuis longtemps, l'excitation de la découverte que j'avais connue dans mon enfance. Mais je n'ai pas non plus cessé d'attendre que quelque chose casse en moi.

Là où gît le fruit étrangleur venu de la main du pêcheur je ferai apparaître les semences des morts pour les partager avec les vers qui…

Les marches de la tour se révélaient l'une après l'autre, comme les dents blanchâtres et en colimaçon d'une énigmatique créature, et nous les descendions car nous n'avions apparemment pas le choix. J'enviais par moments les œillères de la géomètre. Je savais à présent pourquoi la psychologue nous avait protégées et je me demandais comment elle tenait le coup, sans personne pour la préserver de… de quoi que ce soit.

Au début, il y avait « simplement » les mots et c'était bien suffisant. On les trouvait toujours écrits à peu près au même niveau sur la paroi à main gauche. J'ai essayé un certain temps de les noter, mais il y en avait trop et leur signification fluctuait, si bien que s'intéresser à celle-ci revenait à suivre une piste trompeuse. La géomètre et moi étions tout de suite tombées d'accord sur un point : nous documente-rions la présence physique des mots, mais il faudrait une mission différente, un autre jour, pour photo-graphier cette interminable phrase continue.

... pour les partager avec les vers qui se rassemblent dans les ténèbres et cernent le monde du pouvoir de leurs vies tandis que depuis d'autres endroits vastes et mal éclairés des formes qui ne peuvent exister se contor-sionnent par impatience des quelques qui n'ont jamais vu ni été vus...

Ignorer le côté inquiétant de ces mots suscitait un malaise tangible. Il contaminait nos propres phrases, celles que nous échangions en nous efforçant d'in-ventorier la réalité biologique de ce que nous voyions *toutes les deux*. Soit la psychologue voulait que nous voyions les mots et la manière dont ils étaient écrits, soit ignorer la réalité physique des murs de la tour était à elle seule une tâche monumentale et épuisante.

Ces choses-là aussi, nous les avons vécues ensemble pendant notre première descente dans les ténèbres : L'air s'est fait plus frais, mais aussi humide, et avec la baisse de température est apparue une espèce d'agréable douceur, comme celle d'un nectar léger. Nous avons aussi toutes deux vu les minuscules créa-tures en forme de main qui vivaient au milieu des mots. Le plafond était étonnamment haut et quand nous levions la tête, la géomètre voyait à la lumière de nos frontales des reflets et des circonvolutions qui ressemblaient aux traces laissées par les escargots et les limaces. Des petites touffes de mousse ou de lichen parsemaient ce plafond sur lequel, affichant une grande résistance à la traction, marchaient comme montées sur échasses de minuscules et translucides créatures à longs membres semblables à des crevettes cavernicoles.

Les choses que moi seule voyais : les très légers gonflements et dégonflements des parois au rythme de la respiration de la tour ; le changement de couleur des mots en un effet de vague, comme l'irisation des calmars ; l'existence, avec une variation d'environ huit centimètres au-dessus et en dessous, d'une rémanence de *termes précédents* dans la même écriture cursive. En réalité, ces couches de mots formaient un filigrane, car ce n'était qu'une trace sur le mur, seule une vague et pâle couleur verte, parfois violette, signalait qu'il y avait pu y avoir là des lettres en relief. La plupart semblaient répéter le fil principal, mais ce n'était pas le cas de toutes.

Pendant quelque temps, tandis que la géomètre prenait des échantillons photographiques des mots vivants, j'ai lu les mots fantômes pour évaluer dans quelle mesure ils pouvaient dévier. La lecture n'était pas facile... plusieurs brins se chevauchaient qui démarraient, s'arrêtaient et repartaient de nouveau. Je n'arrêtais pas de perdre le fil des mots et des phrases. Le nombre de ces écritures fantômes laissait penser à un processus commencé longtemps auparavant. Mais sans avoir une idée de la longueur de chaque « cycle », je ne pouvais estimer grossièrement le nombre d'années.

Il y avait aussi autre chose, dans ces communications sur le mur. Je ne savais pas trop si la géomètre le voyait ou pas. J'ai décidé de la tester.

« Tu reconnais ça ? » lui ai-je demandé en montrant une espèce d'entrelacement dans lequel je n'avais pas tout de suite repéré un motif, mais qui recouvrait le mur de juste en dessous à juste au-dessus des écritures fantômes, la partie principale étant à peu près au milieu. On aurait plus ou moins dit une file indienne de scorpions qui ne montait que pour repasser dessous. Je ne savais même pas si ce que je regardais était une langue en tant que telle. Pour ce que j'en savais, il ne s'agissait peut-être que d'un élément décoratif.

À mon grand soulagement, elle le voyait. « Non, ça ne me dit rien. Mais je ne suis pas experte. »

J'ai senti de l'irritation monter en moi, mais pas contre elle. J'avais le mauvais cerveau pour cette tâche, et elle aussi : il nous fallait un linguiste. Nous pourrions regarder cette écriture entrelacée pendant une éternité sans que me vienne une idée plus originale qu'une ressemblance avec les ramifications des coraux durs. La géomètre en trouvait peut-être une de son côté avec les affluents d'un grand fleuve.

J'ai quand même fini par reconstituer des fragments de quelques variantes : *Pourquoi devrais-je me reposer quand la méchanceté existe dans le monde... L'amour de Dieu brille sur quiconque comprend les limites de l'endurance, et permet le pardon... Choisi pour servir des puissances supérieures.* Si le fil principal formait une espèce de sermon énigmatique et incompréhensible, alors les fragments avaient une certaine affinité avec son propos, mais une moins bonne syntaxe.

Provenaient-ils de récits plus longs, éventuellement de membres des expéditions précédentes ? Si oui, dans quel but ? Et sur combien d'années ?

Mais toutes ces questions seraient pour plus tard, à la lumière de la surface. Je me limitais à photographier mécaniquement, comme un golem, les phrases-clés – alors que la géomètre pensait que je prenais des portions de mur vierges ou bien, excentrés, les principaux mots en fongus – afin de mettre une certaine distance entre moi-même et ce que je pouvais penser de ces variantes. L'écriture principale se poursuivait, toujours aussi troublante : ... *dans l'eau noire avec le soleil brillant à minuit, ces fruits arriveront à maturité et dans l'obscurité de ce qui est doré s'ouvriront pour révéler la révélation de la douceur fatale dans la terre...*

Ces mots trouvaient le moyen de prendre le dessus sur moi. J'ai prélevé des échantillons au fur et à mesure que nous avancions, mais sans conviction. Tous ces restes minuscules que je fourrais avec mes pinces dans des tubes en verre... que m'apprendraient-ils ? Pas grand-chose, je le pressentais. On a parfois l'impression que les microscopes ne révéleront pas la vérité des choses. Et peu de temps après, le battement de cœur sortant des murs m'a paru devenir si bruyant que j'ai profité d'un moment de distraction de la géomètre pour m'arrêter le temps de mettre des bouchons d'oreille. Masquées, à moitié sourdes pour différentes raisons, nous avons continué à descendre.

C'est moi qui aurais dû remarquer le changement, pas la géomètre. Toujours est-il qu'une heure plus tard, elle s'est immobilisée devant moi, quelques marches plus bas.

« Tu ne trouves pas que les mots au mur deviennent plus... nouveaux ?

— C'est-à-dire ?

— Plus récents. »

Je l'ai fixée quelques instants du regard. Je m'étais habituée à la situation, j'avais joué de mon mieux le rôle d'observatrice impartiale qui se contente d'inventorier les détails. Mais j'ai senti se désagréger cette distance durement acquise.

« Tu coupes ta lampe? » ai-je suggéré en éteignant la mienne.

Elle a hésité. Après l'étalage d'impulsivité auquel je m'étais livrée un peu plus tôt, elle n'était pas près de me refaire confiance. Ou pas au point de nous plonger sans réfléchir dans les ténèbres parce que je le lui demandais. Mais elle l'a éteinte quand même. À vrai dire, j'avais délibérément laissé mon arme à ma ceinture et la géomètre aurait pu me descendre en un instant avec son fusil d'assaut : une simple traction sur la bandoulière lui suffisait pour le libérer de son épaule. Ce pressentiment de violence n'était guère rationnel, mais il m'est venu trop facilement, presque comme si des forces extérieures me l'avaient glissé dans le crâne.

Dans le noir, alors que le battement du cœur de la tour continuait à vibrer dans mes tympans, les lettres, les mots ont ondulé, les parois frémissant de leur respiration, et j'ai vu que les mots semblaient en effet plus actifs, les couleurs plus vives, l'irisation plus intense que dans mon souvenir des niveaux supérieurs. On le remarquait même davantage que si les mots avaient été écrits au stylo à encre. *L'aspect humide et luisant du neuf.*

Dans cet endroit impossible, je l'ai dit avant que la géomètre puisse le faire, pour me l'approprier.

« Il y a quelque chose plus bas qui les écrit. Qui est peut-être bien encore en train de les écrire. » Nous explorions un organisme qui en contenait éventuellement un deuxième, mystérieux, lui-même se servant d'autres encore pour inscrire des mots sur le mur. En comparaison, la piscine envahie par la végétation de mon enfance paraissait simpliste, unidimensionnelle.

Nous avons rallumé nos frontales. J'ai vu de la peur dans le regard de la géomètre, mais aussi une curieuse détermination. Je n'ai aucune idée de ce qu'elle a vu dans le mien.

« Pourquoi tu as dit quelque chose ? » a-t-elle demandé.

Je n'ai pas compris.

« Pourquoi tu as dit "quelque chose" et pas "quelqu'un" ? Pourquoi ça ne peut pas être "quelqu'un" ? »

J'ai haussé les épaules.

« Sors ton pistolet », a-t-elle dit d'un ton un peu écœuré qui masquait une émotion plus profonde.

J'ai obéi parce que je n'y accordais pas vraiment d'importance. Je me suis malgré tout sentie bizarre et maladroite, avec le pistolet à la main, comme si c'était la mauvaise réaction à ce à quoi nous pourrions être confrontées.

J'avais dirigé les opérations jusqu'ici, mais nous avions apparemment interverti les rôles, ce qui a changé la nature de notre exploration. À ce qu'il semblait, nous venions d'établir un nouveau protocole. Nous avons cessé de consigner les mots et les organismes sur le mur. Nous avons marché plus rapidement, en cherchant surtout à déchiffrer l'obscurité devant nous. Nous parlions tout bas, comme pour éviter qu'on nous entende. J'avançais en tête, la géomètre me couvrant par derrière, sauf dans les virages où c'était moi qui la suivais. À aucun moment nous n'avons parlé de faire demi-tour. La psychologue qui nous surveillait aurait tout aussi bien pu se trouver à des milliers de kilomètres. Nous étions pleines d'énergie nerveuse à l'idée qu'il pourrait y avoir une réponse plus bas. Une réponse vivante.

Du moins, la géomètre a *pu* y avoir pensé dans ces termes. Elle ne sentait ni n'entendait la pulsation des murs. Mais durant notre progression, même moi, je n'ai pas vu en esprit ce qui écrivait ces mots. Je ne voyais qu'un blanc vierge et flou comme quand je m'étais retournée vers la frontière au moment de notre départ pour le camp de base. Je savais pourtant que ça ne pouvait pas être humain.

Pourquoi ? Pour une très bonne raison… dont la géomètre a mis vingt minutes de plus à s'apercevoir. « Il y a quelque chose par terre. »

Oui, il y avait quelque chose par terre. Depuis longtemps déjà, les marches étaient recouvertes d'une sorte de résidu. Je ne m'étais pas arrêtée pour l'examiner afin de ne pas perturber la géomètre : je ne savais pas trop si elle le remarquerait à un moment ou à un autre. Le résidu recouvrait les marches sur une largeur d'environ deux mètres cinquante, commençant au pied du mur gauche pour se terminer à une soixantaine de centimètres du mur droit.

« Attends, je jette un coup d'œil », ai-je dit sans prêter attention à son index tremblant. Je me suis retournée pour balayer du faisceau de ma frontale les marches dans mon dos. La géomètre est remontée pour regarder par-dessus mon épaule. Le résidu scintillait avec une vague teinte dorée parsemée d'écailles rouges comme du sang séché. Il semblait refléter en partie la lumière. Je l'ai tâté avec un stylo.

« C'est un peu visqueux, comme de la bave d'escargot, ai-je dit. Et il y en a un peu moins d'un centimètre d'épaisseur sur les marches. »

L'impression générale était celle de quelque chose qui *glissait* vers le bas.

« Et ces marques? » La géomètre se penchait pour montrer autre chose. Elle chuchotait, ce qui me paraissait inutile, et sa voix manquait d'assurance. Mais chaque début de panique de sa part m'aidait à me calmer.

J'ai examiné les marques. Quelque chose qui glissait, peut-être, ou bien était *traîné*, mais assez lentement pour révéler bien davantage de choses dans ce résidu. Elles étaient ovales, longues d'une trentaine de centimètres et larges d'une quinzaine. Il y en avait six sur les marches, en deux rangées. À l'intérieur de chacune, tout un tas d'indentations ressemblaient aux traces laissées par des cils vibratiles. Deux lignes entouraient ces marques à environ vingt-cinq centimètres, double cercle irrégulier qui ondulait presque comme l'ourlet d'une jupe. Derrière lequel on distinguait plus ou moins d'autres « vagues », comme laissées par une force émanant d'un corps central. Ça ressemblait surtout aux lignes tracées dans le sable par la marée descendante. Mais que quelque chose aurait brouillées, rendues floues, comme des dessins au fusain.

Cette découverte m'a fascinée. Je n'arrivais pas à détacher les yeux de la trace, des marques de cils. J'ai imaginé qu'une telle créature devait compenser la pente de l'escalier à peu près de la même manière qu'une caméra à géostabilisation compensait les irrégularités de terrain qu'elle rencontrait.

« Tu avais déjà vu un truc de ce genre? a demandé la géomètre.

— Non. » J'ai difficilement ravalé une réponse plus caustique. « Non, jamais. » Certains trilobites, escargots et vers laissaient des traces simples, comparées à celle-ci, mais qui y ressemblaient vaguement. J'étais persuadée que personne dans notre monde n'en avait jamais vu une aussi complexe et aussi large.

« Et *ça*? » Elle désignait une marche un peu plus haut.

J'ai braqué ma lampe dessus et vu un reste d'empreinte de chaussure de randonnée dans le résidu. « C'est juste une des nôtres. » Si banale en comparaison. Si ennuyeuse.

La lumière de son casque a balayé l'espace devant elle quand elle a secoué la tête. « Non. Regarde. »

Elle a indiqué mes traces de pas et les siennes. L'empreinte venait d'une série différente, et qui remontait l'escalier.

« Tu as raison, ai-je dit. Elles ont été laissées par quelqu'un d'autre qui est venu il n'y a pas bien longtemps. »

Elle s'est mise à jurer.

Sur le moment, il ne nous est pas venu à l'idée de chercher d'autres empreintes.

D'après les dossiers qu'on nous avait montrés, la première expédition n'avait pas signalé quoi que ce soit d'inhabituel dans la Zone X, rien qu'une nature déserte et immaculée. Les deuxième et troisième expéditions n'étant pas revenues, et une fois leur destin connu, on n'en a plus envoyé pendant un certain temps. Quand on a recommencé, c'était avec des volontaires soigneusement sélectionnés capables au minimum d'évaluer l'ensemble des risques encourus. Depuis, certaines expéditions ont eu plus de succès que d'autres.

La onzième expédition, notamment, avait été difficile… y compris sur un plan personnel, en ce qui me concernait, à cause d'un point sur lequel je n'ai pas été complètement sincère pour l'instant.

Mon mari a fait partie de la onzième expédition en tant qu'auxiliaire médical. Il n'avait jamais voulu être médecin, préférant toujours travailler en première intervention ou en traumatologie. « Un infirmier de triage sur le terrain », comme il disait. Il avait été recruté pour la Zone X par un ami, qui se souvenait de lui car ils avaient tous deux travaillé pour la Marine, avant qu'il change pour les services ambulanciers. Il n'avait pas accepté tout de suite, s'était posé des questions, mais ils avaient fini par le convaincre. Ce qui a provoqué beaucoup de dissensions entre nous, même si nous avions déjà pas mal de difficultés.

Je sais que cette information doit pouvoir se dénicher sans mal, mais j'avais espéré que lire ce compte rendu vous donne de moi l'image d'un témoin crédible et objectif. Pas de quelqu'un s'étant porté volontaire pour la Zone X à cause d'un autre événement sans lien avec le but des expéditions. Et dans une certaine mesure, ça reste vrai : sur bien des plans, que mon mari ait participé à une expédition n'a rien à voir avec la raison pour laquelle j'ai signé.

Mais comment pourrais-je ne pas être affectée par la Zone X, ne serait-ce que par l'intermédiaire de mon mari? Une nuit, environ un an après son départ pour la frontière, j'ai entendu quelqu'un dans la cuisine. Armée d'une batte de base-ball, je suis sortie de la chambre en allumant toutes les lumières. Et près du réfrigérateur, j'ai découvert mon mari, toujours vêtu de ses habits d'expédition, en train de boire du lait qui lui dégoulinait sur le menton et dans le cou. En train d'engloutir des restes.

J'en ai été sans voix. Je n'arrivais qu'à le regarder comme s'il était un mirage et qu'au moindre mot ou mouvement, il se dissiperait en ne laissant rien ou moins que rien derrière lui.

Nous nous sommes assis dans le salon, lui sur le canapé et moi sur une chaise en face de lui. J'avais besoin d'une certaine distance entre moi et cette apparition soudaine. Il ne se rappelait plus de quelle manière il avait quitté la Zone X, ne gardait plus le moindre souvenir du retour. Et ne se rappelait que très vaguement l'expédition elle-même. Il était d'un calme étrange, brisé seulement de temps en temps par une panique lointaine quand mes questions sur ce qui s'était passé lui faisaient prendre conscience que son amnésie n'avait rien de naturel. Il semblait avoir complètement oublié que notre mariage avait commencé à battre de l'aile bien avant nos disputes sur son départ pour la Zone X. Il renfermait à présent la même distance dont il m'avait accusée par le passé de tant de manières plus ou moins subtiles.

Au bout d'un moment, je n'y ai plus tenu. Je l'ai déshabillé, je lui ai fait prendre une douche, puis je l'ai conduit dans la chambre où je lui ai fait l'amour en me mettant sur lui. J'essayais de récupérer les vestiges de l'homme dont je me souvenais, celui qui, contrairement à moi, était très ouvert, impulsif et toujours prêt à rendre service. Le passionné de voile qui partait chaque année en faire deux semaines sur la côte avec des amis. Je ne retrouvais rien de tout ça.

Tout le temps qu'il a passé en moi, il est resté les yeux levés vers mon visage avec une expression m'indiquant qu'il se souvenait, mais de derrière une espèce de brouillard. Ça a tout de même aidé un certain temps, en le rendant plus réel, en me permettant de faire comme si.

Mais seulement un certain temps. Il n'a réintégré ma vie que vingt-quatre heures environ. Ils sont venus le chercher le lendemain soir, et après avoir subi l'interminable processus d'habilitation de sécurité, j'ai pu aller jusqu'à la dernière minute lui rendre visite au service d'observation. Dans l'endroit aseptisé où ils le testaient et essayaient en vain de percer son calme et son amnésie. Il m'accueillait comme une vieille amie – un point d'ancrage qui donnait un sens à son existence –, mais pas comme une amante. Je reconnais que j'y allais dans l'espoir de retrouver une étincelle de l'homme d'avant. Mais ça n'est jamais vraiment arrivé. Même le jour où on m'a dit lui avoir diagnostiqué un cancer systémique inopérable, mon mari m'a regardée avec un visage un peu perplexe.

Il est mort six mois plus tard. Sans que je ne sois jamais arrivée à aller derrière le masque, n'aie jamais retrouvé en lui l'homme que j'avais connu. Ni par mes interactions personnelles avec lui, ni en regardant par la suite les entretiens avec lui et les autres membres de l'expédition, tous morts du cancer aussi.

Quoi qu'il se soit passé dans la Zone X, mon mari n'était pas revenu. Pas vraiment.

Toujours plus loin dans les ténèbres nous sommes descendues et je n'ai pu que me demander si mon mari avait tout ou en partie vécu la même expérience. Je ne savais pas si ma contamination changeait quoi que ce soit. Est-ce que j'effectuais le même voyage, ou avait-il fait de tout autres découvertes ? En cas de voyage semblable, en quoi les réactions de mon mari avaient-elles été différentes et qu'est-ce que ça avait changé à la suite des événements ?

La traînée visqueuse s'est épaissie et nous voyions à présent, à leur tortillement, que les écailles rouges à l'intérieur étaient des organismes vivants sortis de la chose qu'il y avait en bas. La couleur de cette sorte de bave s'était intensifiée au point qu'elle ressemblait à un étincelant tapis doré déroulé pour nous sur le chemin d'un étrange mais magnifique banquet.

« On devrait peut-être remonter ? » demandait de temps en temps l'une de nous.

Et l'autre répondait : « Allons jusqu'au prochain tournant. Continuons encore un peu, ensuite on remontera. » C'était une mise à l'épreuve d'une confiance fragile. De notre curiosité et de notre fascination, qui allaient bord à bord avec notre peur. Un test pour savoir si nous préférions l'ignorance ou le danger. Cette sensation sous nos chaussures alors que nous avancions prudemment pas à pas dans cet écoulement visqueux, la manière dont nous semblions nous embourber dedans alors que nous parvenions pourtant à avancer, tout ça finirait en inertie, nous le savions. Si nous allions trop loin.

Mais la géomètre m'a alors heurtée en reculant juste après avoir pris un tournant, m'a poussée plus haut sur les marches. Je l'ai laissée faire.

« Il y a quelque chose, m'a-t-elle murmuré à l'oreille. On dirait un corps, ou quelqu'un. »

Je ne lui ai pas fait remarquer qu'un corps pouvait être quelqu'un. « Quelque chose qui écrit des mots au mur ?

— Non… Plutôt qui est *affaissé* contre. Je ne l'ai vu qu'un instant. » Elle respirait de manière rapide et superficielle sous son masque.

« Homme ou femme ?

— J'ai *pensé* que c'était quelqu'un, a-t-elle dit sans prendre garde à ma question. J'ai pensé que c'était quelqu'un. Je l'ai pensé. » Les corps étaient une chose : tout l'entraînement du monde ne pouvait vous préparer à rencontrer un monstre.

Mais nous ne pouvions pas ressortir de la tour sans avoir enquêté sur ce nouveau mystère. Impossible. Je l'ai attrapée par les épaules, l'ai forcée à me regarder. « Tu dis que ça ressemble à quelqu'un assis contre le mur. Ce n'est *pas* ce dont on suivait la trace. C'est ce qui a laissé *les autres empreintes*. Tu le sais. Avant de remonter, on peut prendre le risque de jeter un coup d'œil pour voir ce que c'est. Promis, quoi qu'on trouve, on ne va pas plus loin. »

Elle a hoché la tête. La perspective de s'arrêter là, de ne pas descendre davantage, a suffi à lui faire reprendre ses esprits. *Occupe-toi juste de ce dernier truc et tu reverras bientôt la lumière du soleil.*

Nous sommes redescendues. Les marches semblaient à présent particulièrement glissantes, même si c'était peut-être à cause de notre frousse, si bien que nous avancions lentement, en nous aidant de l'ardoise vierge du mur de droite pour garder l'équilibre. La tour était silencieuse, elle retenait son souffle, son cœur battait soudain plus lentement et de beaucoup plus loin, ou peut-être n'entendais-je que le sang en train de circuler à toute vitesse dans mon crâne.

En prenant le tournant, j'ai vu la silhouette et braqué ma frontale dans sa direction. Si j'avais hésité une seconde de plus, je n'aurais jamais eu le courage. C'était le corps de l'anthropologue, affaissé contre le mur de gauche, les mains sur les genoux, la tête baissée comme en prière, une substance verte lui sortant de la bouche. Ses vêtements semblaient curieusement flous, indistincts. Une faible lueur rose émanait de son corps, presque imperceptible : je me suis dit que la géomètre n'en voyait rien. Je ne parvenais à imaginer aucun scénario dans lequel l'anthropologue serait encore en vie. Je n'arrivais à avoir qu'une seule pensée en tête : *la psychologue nous a menti*, et soudain sa présence loin là-haut, à surveiller l'entrée, m'était un poids insupportable.

J'ai tendu la paume vers la géomètre pour lui indiquer de rester là derrière moi et je me suis avancée avec la lumière baissée sur les ténèbres. J'ai dépassé le corps d'une distance suffisante pour m'assurer que les marches en dessous étaient vides et me suis dépêchée de remonter.

« Monte la garde pendant que j'examine le corps. » Je ne lui ai pas dit que j'avais plus ou moins eu l'impression que *quelque chose* se déplaçait lentement beaucoup plus bas.

« C'est bien un corps? » a-t-elle demandé. Peut-
être s'était-elle attendue à nettement plus étrange.
Peut-être pensait-elle avoir uniquement affaire à
quelqu'un d'endormi.

« C'est l'anthropologue. » À la tension de ses
épaules, j'ai vu qu'elle assimilait l'information. Sans
un mot, elle m'a dépassée pour aller prendre position juste de l'autre côté du corps, son fusil d'assaut
braqué sur l'obscurité.

Je me suis doucement agenouillée près de l'anthropologue. Il ne restait pas grand-chose de son visage
et la peau encore en place était parsemée d'étranges
brûlures. Sa mâchoire brisée, qui donnait l'impression d'avoir été violemment ouverte d'un seul
mouvement brutal, laissait échapper un torrent de
cendres vertes qui se terminait en petit monticule sur
son torse. Ses mains, posées paumes vers le haut sur
ses genoux, n'avaient plus de peau mais seulement
une espèce de filament vaporeux, avec là encore des
brûlures. Ses jambes semblaient avoir fusionné et en
partie fondu, il manquait une chaussure et l'autre
avait volé contre le mur. Des tubes à échantillon
comme ceux que j'avais apportés jonchaient le sol
autour d'elle. Son boîtier noir, broyé, reposait à plus
d'un mètre de son corps.

« Qu'est-ce qui lui est arrivé? » a chuchoté la
géomètre. Elle ne cessait de jeter de petits coups d'œil
nerveux vers moi tout en montant la garde, presque
comme si ce qui était arrivé n'était pas terminé.
Comme si elle s'attendait à ce que l'anthropologue
revienne à l'effrayante vie.

Je n'ai pas répondu. Je n'avais pas d'autre réponse
que *je n'en sais rien*, phrase qui devenait une sorte de

témoignage de notre ignorance ou de notre incompétence. Ou des deux.

J'ai éclairé le mur au-dessus du cadavre. Sur quelques dizaines de centimètres, l'écriture changeait, montait brusquement et plongeait soudain, puis retrouvait son équilibre.

... les ombres de l'abîme sont comme les pétales d'une monstrueuse fleur qui éclora à l'intérieur du crâne et développera l'esprit au-delà de ce que tout homme peut supporter...

« Je crois qu'elle a interrompu l'auteur des mots sur le mur, ai-je dit.

— Et il lui a fait ça ? » Elle m'implorait de trouver une autre explication.

Je n'en avais pas, si bien que je n'ai pas répondu et me suis remise à mes observations en la laissant là à me regarder.

Un biologiste n'est pas détective, mais je commençais à penser comme si j'en étais un. J'ai examiné le sol de tous côtés, identifié mes propres empreintes sur les marches, puis celles de la géomètre. Nous avions brouillé les traces précédentes, mais on parvenait encore à les repérer. Tout d'abord, la *chose* – et malgré tout ce que pouvait espérer la géomètre, je n'arrivais pas à envisager qu'il s'agisse d'un être humain – avait manifestement été prise de frénésie. Au lieu de montrer un glissement rectiligne et régulier, la traînée visqueuse formait une espèce de tourbillon dans le sens des aiguilles d'une montre, les marques des « pieds », comme je les considérais, allongées et rétrécies par le changement brutal. Mais par-dessus ce tourbillon, on voyait aussi des empreintes laissées par des chaussures de randonnée. J'ai ramassé celle qui restait en prenant soin de contourner les preuves de la rencontre. Les empreintes au milieu du tourbillon étaient bien celles de l'anthropologue… j'en ai alors retrouvé d'autres, partielles, qui allaient au mur à main droite, comme si elle s'y était plaquée.

Une image s'est précisée dans mon esprit : l'anthropologue se faufilant dans l'obscurité pour observer l'auteur du texte. Les tubes en verre qui scintillaient autour de son corps m'ont conduite à penser qu'elle avait espéré pouvoir prélever un échantillon. Mais quelle folie, quelle inconscience ! C'était un risque énorme, et jamais l'anthropologue ne m'avait paru courageuse ou impulsive. Je suis restée là quelques instants avant de remonter encore davantage dans l'escalier en faisant signe à la géomètre, à son grand dam, de rester en position. Peut-être aurait-elle été plus calme en ayant quelque chose sur quoi tirer, mais il ne nous restait plus que ce qui s'attardait dans nos imaginations.

Une douzaine de marches plus haut, au dernier endroit où on pouvait encore entrapercevoir le cadavre de l'anthropologue, j'ai trouvé deux séries d'empreintes, face à face. La première avait été laissée par l'anthropologue, la seconde ne venait ni de moi ni de la géomètre.

J'ai eu comme un déclic et pu reconstituer toute la scène. La psychologue avait réveillé l'anthropologue en pleine nuit pour l'hypnotiser. Toutes deux étaient ensuite venues à la tour, dans laquelle elles étaient descendues jusqu'à cet endroit-là. La psychologue avait alors donné à l'anthropologue, sous hypnose, un ordre qu'elle devait savoir suicidaire, et l'anthropologue était allée droit sur la chose qui écrivait les mots sur le mur pour essayer de prendre un échantillon... tentative qui lui avait coûté la vie, sans doute dans de grandes souffrances. Après quoi la psychologue avait fui : je n'ai en tout cas trouvé aucune de ses empreintes en redescendant.

Était-ce de la pitié ou de l'empathie que je ressentais pour l'anthropologue ? Faible, piégée, privée de tout choix.

La géomètre m'attendait avec angoisse. « Qu'est-ce que tu as trouvé ?

— Il y avait quelqu'un d'autre ici avec l'anthropologue. » Je lui ai exposé ma théorie.

« Mais pourquoi la psychologue ferait-elle ça ? m'a-t-elle demandé. On allait toutes descendre ici au matin, n'importe comment. »

J'ai eu l'impression de l'observer à mille kilomètres de distance.

« Aucune idée, mais elle nous hypnotisait toutes et pas seulement pour notre tranquillité d'esprit. L'expédition a peut-être un autre but que celui qu'on nous a dit.

— De l'hypnotisme. » Elle a prononcé le mot comme s'il n'avait aucun sens. « Comment tu le sais ? Comment peux-tu le savoir ? » Elle semblait m'en vouloir... ou en vouloir à ma théorie, je ne savais pas trop. Mais je comprenais pourquoi.

« Parce que, va savoir comment, j'y suis devenue insensible. Elle t'a hypnotisée avant qu'on descende, aujourd'hui, pour être sûre que tu ferais ton devoir. Je l'ai vue. » J'ai eu envie de me confier à elle, de lui dire *comment* j'y étais devenue insensible, mais je sentais que ce serait une erreur.

« Et tu n'as rien *fait*? Si tant est que tu dises vrai. » Au moins, elle envisageait de me croire. Peut-être avait-elle conservé un reste, un souvenir flou de la chose.

« Je ne voulais pas qu'elle sache qu'elle ne pouvait pas m'hypnotiser. » Et je *voulais* descendre dans la tour.

La géomètre a réfléchi quelques instants.

« Crois-moi ou pas, ai-je insisté, mais dis-toi bien qu'en remontant, il faudra être prêtes à tout. Comme on ne sait pas ce qu'elle prépare, on sera peut-être obligées de l'enfermer ou de la tuer.

— Pourquoi préparerait-elle quoi que ce soit? » Était-ce du mépris dans sa voix, ou simplement de nouveau de la peur?

« Parce qu'elle doit avoir reçu des ordres différents des nôtres », ai-je expliqué comme à une enfant.

Elle n'a pas répondu, ce que j'ai pris comme le signe qu'elle commençait à s'habituer à l'idée.

« J'irai en premier, bien sûr, puisqu'elle ne peut pas m'influencer. Et il faudra que tu mettes ces trucs. Ça t'aidera peut-être à résister à la suggestion hypnotique. » Je lui ai donné ma deuxième paire de bouchons d'oreille.

Elle les a pris, indécise. « Non. On monte ensemble, en même temps.

— Ce n'est pas une bonne idée.

— Je m'en fiche. Tu ne montes pas au sommet sans moi. Je ne vais pas attendre ici dans le noir que tu règles tout. »

J'y ai réfléchi. « D'accord. Mais si je m'aperçois qu'elle commence à te contraindre à quoi que ce soit, je serai obligée de l'en empêcher. » Ou du moins, d'essayer.

« Si tu as raison. Si tu dis la vérité.

— C'est la vérité. »

Elle a fait comme si je n'avais pas répondu. « Et pour le corps ? » a-t-elle demandé.

Nous étions donc d'accord ? Je l'espérais. Ou peut-être essaierait-elle de me désarmer pendant la remontée. Peut-être la psychologue l'avait-elle déjà préparée à une situation de ce genre.

« On laisse l'anthropologue ici. Elle est trop lourde à porter et qui sait quelle contamination on risquerait de ramener ? »

La géomètre a hoché la tête. Au moins, elle n'était pas sentimentale. Il ne restait rien de l'anthropologue dans ce corps, nous le savions l'une et l'autre. J'essayais de toutes mes forces de ne pas penser aux derniers instants de l'anthropologue, à la terreur qu'elle avait dû ressentir en continuant à effectuer une tâche que quelqu'un d'autre lui avait fait vouloir effectuer, même si elle devait y laisser la vie. *Qu'est-ce qu'elle a vu ? Qu'est-ce qu'elle regardait avant que tout devienne noir ?*

Avant de rebrousser chemin, j'ai pris un des tubes en verre éparpillés autour du cadavre. Il ne contenait qu'une toute petite quantité d'une épaisse substance qui ressemblait à de la chair et luisait d'un doré sombre. Peut-être avait-elle réussi à prendre un échantillon utilisable, en fin de compte.

77

Pendant que nous remontions vers la lumière, j'ai essayé de me changer les idées. Je n'ai cessé de passer en revue mes semaines d'instruction, à la recherche d'un indice, de la moindre bribe d'information pouvant conduire à une révélation sur nos découvertes. Mais je n'ai rien trouvé, je n'ai pu que m'émerveiller de ma propre naïveté à penser qu'on m'avait dit quoi que ce soit d'utile. Toujours, l'accent avait été mis sur nos propres capacités et sur notre base de connaissances. Toujours, je le voyais avec le recul, avec l'intention presque délibérée d'embrouiller, de fourvoyer, camouflée en souci de ne pas nous effrayer ni nous accabler.

La carte avait été la première forme de fourvoiement, car qu'est-ce qu'une carte sinon un moyen de souligner certaines choses et d'en rendre d'autres invisibles ? Toujours, on nous ramenait à la carte, à la mémorisation de ses détails. Notre instructeur, dont nous n'avons jamais su le nom, nous a fait apprendre pendant six longs mois la position du phare par rapport au camp de base, le nombre de kilomètres entre deux ensembles de maisons en ruine. Le nombre de kilomètres de littoral que nous aurions à explorer. Presque toujours dans le contexte du *phare* et non du camp de base. Elle nous était devenue si familière, cette carte, ses dimensions et son contenu, que ça nous a empêchées de demander *pourquoi* ou même *quoi*.

Pourquoi cette portion-là de littoral ? Il pouvait y avoir *quoi* dans le phare ? *Pourquoi* le camp de base était-il établi dans la forêt, loin du phare mais assez près de la tour (qui, bien entendu, ne figurait pas sur la carte)... et ce camp de base avait-il toujours été à cet endroit-là ? Il y avait *quoi*, hors de la carte ? À présent que je connaissais le niveau de suggestion hypnotique utilisé sur nous, je me rendais compte que donner une telle importance à la carte pouvait avoir constitué un indice en soi. Que nous ne posions pas de questions parce que nous étions programmées pour ne pas en poser. Que le phare, en représentation ou en réalité, pouvait avoir servi à déclencher inconsciemment une suggestion hypnotique... et aussi avoir été l'épicentre de ce qui s'était étendu pour devenir la Zone X.

Mon briefing sur l'écologie des lieux avait répondu à une vision tout aussi limitée. J'avais passé le plus clair de mon temps à me familiariser avec les écosystèmes de transition naturels, avec la flore, la faune et la pollinisation croisée que je pouvais m'attendre à rencontrer. Mais j'avais aussi eu droit à une importante remise à niveau sur les fongus et les lichens qui, à la lumière des mots au mur, me paraissait à présent comme le véritable but de tout cela. Si la carte n'avait servi qu'à détourner notre attention, mon enseignement en écologie avait pour but, après tout, de me préparer vraiment. Ou peut-être étais-je paranoïaque. Mais sinon, cela voulait dire qu'ils savaient, pour la tour, qu'ils avaient peut-être toujours su.

Mes soupçons n'ont ensuite fait que grandir. On nous avait dispensé une instruction en armes et en techniques de survie si éreintante que le soir, nous allions en général directement nous coucher chacune dans nos quartiers. Même les rares fois où nous nous entraînions ensemble, nous le faisions séparément. Ils nous ont ôté nos noms le deuxième mois, nous en ont dépouillées. Seules les choses à l'intérieur de la Zone X en avaient, et uniquement de manière très générale. Là aussi, c'était pour nous empêcher de penser à poser certaines questions auxquelles on ne pouvait avoir accès qu'en connaissant certains détails spécifiques. Mais les *bons* détails spécifiques, pas, par exemple, qu'il y avait six espèces de serpents venimeux dans la Zone X. J'allais peut-être chercher loin, c'est vrai, mais je n'étais pas d'humeur à écarter même les scénarios les plus improbables.

Le temps que nous soyons prêtes à franchir la frontière, nous savions tout... et nous ne savions rien.

La psychologue n'était pas là quand, les yeux plissés à cause du soleil, nous sommes ressorties en arrachant nos masques pour nous remplir les poumons d'air pur. Nous étions plus ou moins prêtes à n'importe quel scénario, mais pas à cette absence. Elle nous a déconcertées un moment, nous a laissées à la dérive dans ce jour ordinaire, avec un ciel si bleu et de longues ombres jetées par les bosquets. En ôtant mes bouchons d'oreille, je me suis aperçue que je n'entendais plus du tout les battements de cœur de la tour. Que ce que nous avions vu en dessous puisse coexister avec cette banalité nous déconcertait. C'était comme si, remontées trop rapidement d'une plongée sous-marine à grande profondeur, nous devions en fait notre maladie des caissons aux souvenirs des créatures que nous avions vues. Certaines que la psychologue se cachait, nous l'avons longuement cherchée dans les environs en espérant plus ou moins la trouver, car elle avait sûrement une explication. Fouiller encore et toujours la même zone autour de la tour a fini par devenir pathologique, mais pendant près d'une heure, nous avons été incapables de nous arrêter.

J'ai dû me rendre enfin à l'évidence.

« Elle est partie, ai-je dit.

— Elle est peut-être rentrée au camp de base.

— Son absence est un signe de culpabilité, tu ne penses pas ? »

Elle a craché dans l'herbe avant de me regarder attentivement. « Non, pas du tout. Il lui est peut-être arrivé quelque chose. Elle a peut-être eu besoin de rentrer au camp.

— Tu as vu les empreintes. Et le corps. »

Elle a fait un geste avec son fusil. « Retournons donc au camp. »

Je n'arrivais pas à la comprendre. Je ne savais pas si elle s'en prenait à moi ou si elle se montrait simplement prudente. Retrouver la surface l'avait enhardie, en tout cas, alors que je la préférais quand elle manquait de confiance en elle.

Mais de retour au camp de base, une partie de sa résolution s'est effritée de nouveau. La psychologue n'était pas là. Elle avait de plus emporté la moitié de nos provisions et la plupart de nos armes. Ou peut-être les avait-elle enterrées quelque part. Elle était donc toujours en vie.

Il faut que vous compreniez ce que je ressentais à ce moment-là, ce que la géomètre devait sûrement ressentir : nous étions des scientifiques, formées à l'observation des phénomènes naturels et des conséquences des activités humaines. Pas à une rencontre avec ce qui ressemblait à l'étrange. Dans des situations inhabituelles, la présence de quelqu'un pouvait paraître réconfortante, même si ce quelqu'un était peut-être un ennemi. Nous étions arrivées au bord de quelque chose sans précédent, et en moins d'une semaine de mission, nous avions non seulement perdu la linguiste à la frontière, mais aussi notre anthropologue et notre psychologue.

« Bon, j'abandonne », a dit la géomètre en jetant son fusil à terre pour se laisser tomber sur un siège devant la tente de l'anthropologue, que j'étais en train de fouiller. « Je vais te croire jusqu'à nouvel ordre. Je vais te croire parce que je n'ai pas vraiment le choix. Parce que je n'ai pas de meilleures théories. On fait quoi, maintenant ? »

Pas le moindre indice non plus dans la tente de l'anthropologue. Je ne m'étais toujours pas remise de l'horreur de ce qui lui était arrivé. Être contrainte à sa propre mort. Sauf erreur de ma part, la psychologue était une meurtrière, bien davantage que ce qui avait tué l'anthropologue.

Comme je ne lui répondais pas, la géomètre a insisté : « Bon sang, on va faire quoi, maintenant ?

— Examiner les échantillons que j'ai prélevés, développer les photos et les étudier, ai-je répondu en ressortant. Et demain, redescendre dans la tour, sans doute. »

Elle a eu un rire strident le temps de trouver ses mots. Un instant, son visage a presque semblé vouloir se détacher, peut-être à cause de l'effort déployé pour combattre les restes de je ne sais quelle suggestion hypnotique. Elle a fini par réussir à répondre : « Non. Je ne redescends pas là-dedans. Et c'est un *tunnel*, pas une tour.

— Tu veux faire quoi, à la place ? »

Comme si elle avait franchi l'obstacle, les mots lui venaient plus facilement et plus résolus. « On retourne à la frontière attendre l'extraction. On manque des ressources nécessaires pour continuer et si tu as raison, la psychologue est en train de manigancer on ne sait quoi on ne sait où dans les parages, ne serait-ce que les excuses à nous sortir. Si par contre quelque chose l'a tuée ou blessée en l'attaquant, ça nous donne une raison de plus pour foutre le camp. » Elle avait allumé une cigarette, une des rares qu'on nous avait données. Elle a soufflé deux longs jets de fumée par le nez.

« Je ne suis pas prête à rentrer, ai-je dit. Pas encore. » Je ne l'étais pas du tout, malgré ce qui s'était passé.

« Tu préfères cet endroit, hein ? » Ce n'était pas vraiment une question : elle parlait avec une espèce de pitié ou de dégoût dans la voix. « Tu crois que ça peut durer encore longtemps ? Je vais te dire une chose : même dans des manœuvres militaires conçues pour simuler des résultats négatifs, j'ai vu de meilleures probabilités. »

Elle disait cela par peur, même si elle avait raison. J'ai décidé d'emprunter à la psychologue ses tactiques dilatoires.

« Regardons déjà ce qu'on a rapporté, on décidera ensuite ce qu'on fait. Tu peux toujours retourner à la frontière demain. »

Elle a tiré une nouvelle bouffée de tabac en réfléchissant à ma proposition. La frontière se trouvait quand même à quatre jours de marche.

« C'est vrai », s'est-elle momentanément laissé fléchir.

Je n'ai pas dit ce à quoi je pensais : que ce ne serait peut-être pas aussi simple. Qu'elle pourrait n'arriver de l'autre côté de la frontière qu'à la manière abstraite de mon mari, dépouillée de ce qui la rendait unique.

Mais je ne voulais pas lui donner l'impression qu'elle n'avait aucune porte de sortie.

J'ai passé le reste de l'après-midi à examiner les échantillons au microscope sur la table de fortune installée devant ma tente. La géomètre s'est chargée de développer les photos à l'intérieur de la tente servant aussi de chambre noire, processus frustrant quand on a l'habitude des images numériques. Puis, pendant que les tirages séchaient, elle s'est remise à étudier les restes de cartes et de documents laissés au camp de base par la précédente expédition.

Mes échantillons racontaient toute une série de blagues énigmatiques aux chutes que je n'ai pas comprises. Les cellules de la biomasse qui formait les mots étaient d'une structure inhabituelle, mais restaient dans une fourchette acceptable. Ou bien elles imitaient à merveille certaines espèces d'organismes saprotrophiques. J'ai pris mentalement note de prélever un échantillon du mur derrière les mots. Je n'avais pas la moindre idée de la profondeur à laquelle les filaments s'étaient enracinés, ni s'il y avait des nodules en dessous, ces filaments n'étant alors que des sentinelles.

L'échantillon de tissu de la créature en forme de main a résisté à toute interprétation, ce qui était étrange mais ne m'apprenait rien. Je veux dire par là que je n'ai trouvé aucune cellule dans l'échantillon, rien qu'une surface d'ambre solide avec de petites inclusions d'air. J'ai alors cru à un échantillon contaminé ou à une preuve de la rapidité de décomposition de cet organisme. Une autre idée m'est venue trop tard pour la mettre à l'épreuve : qu'ayant absorbé les spores de l'organisme, je provoquais une réaction dans l'échantillon. Je n'avais pas les installations médicales indispensables pour procéder aux diagnostics susceptibles de révéler chez moi d'autres modifications physiques ou psychiques depuis la rencontre.

Il y a eu ensuite l'échantillon du tube de l'anthropologue. Je l'avais gardé pour la fin, pour des raisons évidentes. J'ai demandé à la géomètre de réaliser une section, de la déposer sur une lamelle et de noter par écrit ce qu'elle voyait dans le microscope.

« Pourquoi? Pourquoi tu as besoin de moi pour ça? »

J'ai hésité. « En théorie... il pourrait y avoir eu contamination. »

Un visage si dur, mâchoire crispée. « En théorie, pourquoi serais-tu plus ou moins contaminée que moi? »

J'ai haussé les épaules. « Pas de raison particulière. À part que c'est moi qui ai trouvé les mots sur le mur. »

Elle m'a regardée comme si je venais de débiter des sottises et a eu un rire dur. « On est bien plus impliquées que ça. Tu crois vraiment que ces masques qu'on a mis vont nous protéger? Nous protéger de ce qui se passe ici? » Elle se trompait – je pensais qu'elle se trompait –, mais je ne le lui ai pas dit. Les gens banalisent ou simplifient les données pour tant de raisons.

Il n'y avait rien d'autre à dire. Elle s'est remise au travail tandis que j'examinais au microscope l'échantillon de ce qui avait tué l'anthropologue. Je me suis retrouvée les yeux sur quelque chose de si inattendu que je ne l'ai pas reconnu tout de suite: du tissu cérébral... et pas n'importe lequel. Les cellules étaient manifestement humaines, avec quelques irrégularités. Sur le moment, j'ai cru l'échantillon bel et bien corrompu, mais dans ce cas, il ne l'avait pas été par ma présence : les notes de la géomètre décrivaient exactement la même chose, et quand elle a réexaminé l'échantillon, un peu plus tard, elle a confirmé qu'il n'avait pas changé.

Je n'arrêtais pas de me pencher sur le microscope, de relever la tête et de remettre les yeux à l'oculaire, comme si je ne voyais pas l'échantillon correctement. Puis j'ai commencé à le regarder longuement, jusqu'à ce qu'il ne m'apparaisse que sous la forme d'une série de cercles et de gribouillis. Était-ce vraiment humain ? Faisait-il *semblant* d'être humain ? Comme je l'ai dit, il y avait des irrégularités. Et comment l'anthropologue avait-elle obtenu cet échantillon ? Était-elle allée voir la *chose* avec une cuillère à boules de glace en demandant : « Je peux faire une biopsie de votre cerveau ? » Non, l'échantillon provenait forcément des bords, de l'extérieur. Impossible donc que ce soit du tissu cérébral, et par conséquent ça n'avait absolument rien d'humain. Je me suis une nouvelle fois sentie partir à la dérive, sans attaches.

C'est à peu près à ce moment-là que la géomètre est venue laisser tomber les tirages photo sur ma table. « Rien à en tirer », a-t-elle dit.

Chaque photographie des mots écrits au mur foisonnait de couleurs floues et lumineuses. Chaque photographie d'autre chose ne montrait qu'une obscurité totale. Les quelques clichés entre les deux étaient flous aussi. Je savais que ce devait être provoqué par la lente et régulière respiration des murs, qui avait pu dégager aussi une espèce de chaleur ou autre agent déformant. Je me suis du coup rendu compte que je n'avais aucun échantillon des murs. J'avais compris que les mots étaient des organismes. J'avais su que les murs en étaient aussi, mais mon cerveau continuait de voir *mur* comme quelque chose d'inerte, une portion de bâtiment. Pourquoi en prendre un échantillon?

« Je sais, a dit la géomètre en se méprenant sur mes jurons. Les échantillons ont donné quelque chose?

— Non, rien. » Je n'avais pas quitté les photos des yeux. « Les cartes et les papiers?

— Que dalle, a-t-elle grommelé. Sauf qu'ils semblent tous obsédés par le phare... observer le phare, aller au phare, vivre dans ce foutu phare.

— On n'a rien, donc. »

Elle n'a pas répondu. « On fait quoi, maintenant? » a-t-elle demandé. Il était évident qu'elle n'aimait pas du tout poser la question.

« On dîne. On se balade un peu sur le périmètre pour vérifier que la psychologue n'est pas cachée dans les buissons. On réfléchit à ce qu'on fait demain.

— En tout cas, s'il y a bien un truc qu'on ne fera pas demain, c'est retourner dans le tunnel.

— Dans la tour. »

Elle m'a foudroyée du regard.

Discuter avec elle n'aurait servi à rien.

Au crépuscule, le gémissement familier nous est parvenu par-dessus les prés salés tandis que nous dînions autour du feu de camp. Je l'ai à peine remarqué, absorbée par mon repas. La nourriture était très bonne sans que je sache pourquoi. Je l'ai engloutie et me suis resservie sous le regard déconcerté de la géomètre. Nous n'avions rien ou presque à nous dire. Parler aurait voulu dire planifier, préparer, et rien de ce que je voulais préparer ne lui aurait plu.

Le vent a forci et il s'est mis à pleuvoir. J'ai vu chaque goutte tomber comme un véritable diamant liquide dont les facettes reflétaient la lumière, même dans la pénombre, et je sentais l'odeur de la mer, je m'imaginais l'agitation des vagues. Le vent ressemblait à quelque chose de vivant : il s'enfonçait dans chacun de mes pores et lui aussi avait une odeur, apportant celle très matérielle des roseaux des marais. Je m'étais efforcée d'ignorer ce changement dans l'espace confiné de la tour, sauf que mes sens semblaient encore trop aiguisés, trop affinés. Je m'y adaptais, mais dans des moments tels que celui-là, je me souvenais que la veille encore, j'étais quelqu'un d'autre.

Nous avons monté la garde à tour de rôle. Manquer de sommeil semblait moins imprudent que laisser la psychologue approcher sans crier gare : elle connaissait l'emplacement de chaque détecteur du périmètre et nous n'avions pas le temps de les désactiver pour les redéployer. En preuve de bonne foi, j'ai laissé la géomètre prendre le premier tour de garde.

Au milieu de la nuit, elle est venue me réveiller pour que je la relève, mais je ne dormais déjà plus à cause du tonnerre. Elle a ronchonné je ne sais quoi en allant se coucher. Je ne crois pas qu'elle me faisait confiance, elle ne devait sans doute tout simplement plus pouvoir garder l'œil ouvert une seconde de plus après tout le stress de la journée.

La pluie a redoublé. Je ne me suis pas inquiétée pour nos tentes – c'était du matériel militaire qui aurait sans doute résisté à un ouragan –, mais quitte à être réveillée, je voulais me frotter à la tempête. Je suis donc sortie dans le déluge cinglant et les bourrasques de vent. J'entendais déjà la géomètre ronfler dans sa tente, elle avait dû dormir dans des conditions bien pires. Le faible éclairage de secours luisait aux limites du camp, transformant les tentes en triangles d'ombre. L'obscurité elle-même me semblait plus vivante, m'entourant comme quelque chose de physique. Je ne peux même pas dire que c'était une présence sinistre.

J'ai alors eu l'impression que tout n'était qu'un rêve... l'instruction, ma vie d'avant, le monde que j'avais quitté... Plus rien n'avait d'importance. Seuls comptaient l'endroit et l'instant présents, et pas parce que la psychologue m'avait hypnotisée. En proie à cette puissante émotion, j'ai regardé en direction de la côte par les interstices irréguliers entre les arbres. Une obscurité plus profonde s'y concentrait, confluence de la nuit, des nuages et de l'océan. Plus loin, une autre frontière.

Puis, dans cette obscurité, je l'ai vu: un trait de lumière orange. Rien qu'une légère illumination, trop haut dans le ciel. Qui m'a laissée perplexe, jusqu'à ce que je comprenne que ce rayon devait venir du phare. Je l'ai vu partir sur la gauche et monter un peu avant de s'éteindre, puis réapparaître beaucoup plus haut quelques minutes plus tard avant de disparaître pour de bon. J'ai eu beau attendre, il n'est jamais revenu. Pour une raison ou pour une autre, plus il restait absent, plus je m'impatientais, comme si dans cet endroit étrange, une lumière, n'importe laquelle, était signe de civilisation.

Un orage avait éclaté, durant cette ultime journée complète passée avec mon mari à son retour de la onzième expédition. Elle avait la netteté d'un rêve, de quelque chose d'étrange mais de familier... un train-train familier mais un calme étrange, davantage encore que celui dont j'avais pris l'habitude avant son départ.

Les dernières semaines avant l'expédition, nous nous étions disputés… violemment. Je l'avais poussé contre un mur, lui avais jeté des trucs dessus. Tout était bon pour percer son armure de résolution qui, je le sais à présent, lui avait sans doute été imposée par suggestion hypnotique. « Si tu pars, lui avais-je dit, tu ne reviendras peut-être pas, et si tu reviens, je ne t'aurai pas forcément attendu. » Ça l'avait fait rire d'une manière exaspérante. « Ah bon, tu m'attendais, tout ce temps ? a-t-il répondu. Est-ce que je suis déjà arrivé ? » Il avait arrêté sa ligne de conduite, à moment-là, et toute obstruction était pour lui source d'humour un peu rude… ce qui était tout à fait naturel chez lui, avec ou sans hypnose. Il était tout à fait du genre à ne plus revenir sur ses décisions, quelles que soient les conséquences. À laisser une impulsion devenir une compulsion, surtout s'il pensait ainsi contribuer à une cause qui le dépassait. C'était aussi pour cela qu'il avait rempilé dans la Marine.

Notre relation s'effilochait depuis un moment, entre autres parce qu'il était sociable alors que je préférais la solitude. Ce qui avait cessé de consolider notre couple comme par le passé. Non seulement je l'avais trouvé bel homme, mais j'*admirais* son caractère confiant et extraverti, son besoin d'être en société… j'y voyais un contrepoids salutaire à ma propre personnalité. Il avait beaucoup d'humour, en plus, et quand nous nous étions rencontrés, dans un parc local bondé, il avait réussi à vaincre ma réticence en faisant comme si nous étions deux inspecteurs de police venus surveiller un suspect. Ce qui nous avait conduits à inventer des vies aux gens qui grouillaient autour de nous, puis à s'en inventer l'un l'autre.

J'ai dû lui sembler mystérieuse, au début, avec mon côté réservé, mon besoin de solitude, même une fois qu'il croyait avoir percé mes défenses. Soit j'étais une énigme à résoudre, soit il pensait tout simplement que mieux me connaître lui permettrait de se frayer un chemin jusqu'à un nouvel endroit, un noyau où vivait une autre personne en moi. Il l'a d'ailleurs admis pendant une de nos disputes : il a essayé de présenter son « volontariat » pour l'expédition comme un signe montrant à quel point je l'avais repoussé, puis s'est rétracté, honteux. Je le lui ai dit carrément histoire d'éviter tout malentendu : cette personne qu'il voulait mieux connaître n'existait pas, j'étais ce dont j'avais l'air. Ça ne changerait jamais.

Très tôt dans notre relation, je lui avais parlé de la piscine. Nous étions couchés, ce qui nous arrivait beaucoup à l'époque. Ça l'avait fasciné, peut-être même pensait-il que d'autres révélations intéressantes viendraient dans le futur. Il s'était désintéressé des parties qui racontaient une enfance solitaire pour se focaliser sur la piscine elle-même.

« J'aurais fait voguer des bateaux dessus.

— Avec Vieux Bondisseur à la barre, sûrement. Et tout aurait été bonheur merveilleux.

— Non. Parce que je t'aurais trouvée maussade, têtue et sinistre. Carrément sinistre.

— Moi, je t'aurais trouvé frivole et aurais souhaité de toutes mes forces que les tortues sabordent ton bateau.

— Dans ce cas, j'en aurais construit un encore mieux et j'aurais parlé à tout le monde de la gamine sinistre qui causait aux grenouilles. »

Je n'avais jamais parlé aux grenouilles : je trouvais nul d'anthropomorphiser les animaux. « Qu'est-ce qui a changé, alors, si toi et moi ne nous serions pas plu dans notre enfance ? ai-je demandé.

— Oh, tu m'aurais plu quand même, a-t-il répondu avec un grand sourire. Tu m'aurais fasciné et je t'aurais suivie partout. Sans hésiter. »

Nous nous entendions donc bien, à l'époque, à notre manière bizarre. Être l'inverse l'un de l'autre marchait bien et l'idée que ça faisait notre force nous emplissait de fierté. Nous nous sommes tant et si longtemps délectés de cette construction mentale qu'elle a été une vague qui ne s'est brisée qu'après notre mariage... et qui a fini par nous détruire avec le temps, d'une manière déprimante de familiarité.

Mais rien de tout ça – le bon ou le mauvais – n'avait d'importance à son retour de l'expédition. Je ne lui ai pas posé de questions tout de suite, n'ai relancé aucune de nos anciennes disputes. Je savais déjà, en me réveillant à ses côtés le lendemain matin, qu'il ne nous restait plus beaucoup de temps.

Je lui ai préparé un petit-déjeuner tandis que la pluie tombait à verse, déchirée par des éclairs non loin de là. Nous nous sommes assis à la table de la cuisine, d'où les portes vitrées coulissantes permettaient de voir le jardin, et avons mangé nos œufs au bacon en ayant une conversation affreusement polie. Il a admiré la forme grise de la nouvelle mangeoire à oiseaux installée par mes soins et la petite fontaine dans laquelle les gouttes de pluie créaient des ondulations. Je lui ai demandé s'il avait assez dormi et comment il se sentait. Je lui ai même posé des questions déjà posées la veille, par exemple s'il avait eu du mal à revenir.

« Aucun, a-t-il répondu avec une imitation de son sourire exaspérant d'autrefois.

— Ça t'a pris longtemps?

— Pas du tout. » Je n'arrivais pas à déchiffrer son expression, mais je sentais une espèce de tristesse, quelque chose qu'on avait laissé à l'intérieur et qui voulait communiquer, mais n'y arrivait pas. N'ayant jamais vu mon mari triste ou mélancolique, ça m'a fait un peu peur.

Il m'a demandé comment allaient mes recherches et je lui ai raconté quelques-uns des derniers développements. À l'époque, je travaillais pour une compagnie qui créait des produits naturels décomposant le plastique et autres substances non biodégradables. C'était ennuyeux. Avant ça, j'avais travaillé sur le terrain en profitant de diverses bourses de recherche. Et encore avant, j'avais été une écologiste radicale participant à des manifestations et employée par une ONG à du démarchage téléphonique de donneurs potentiels.

« Et ton travail? » l'ai-je interrogé, hésitante, ne sachant pas trop combien de fois je pouvais encore tourner autour du pot, prête à détaler aussitôt loin du mystère.

« Ma foi », a-t-il répondu comme s'il n'avait été absent que quelques semaines, comme si j'étais une collègue et non celle qui l'aimait, qui l'avait épousé. « Ma foi, comme d'habitude. Rien de bien neuf. » Il a bu son jus d'orange à grandes gorgées... en le savourant vraiment, si bien que pendant un temps, rien d'autre n'a existé que le plaisir qu'il en tirait. Puis il m'a nonchalamment interrogée sur les autres améliorations dans la maison.

Après le petit-déjeuner, nous nous sommes assis dans la véranda pour regarder le déluge et les flaques qui grossissaient dans l'herbe. Nous avons lu un moment, puis nous sommes retournés à l'intérieur faire l'amour. Ça a été une espèce de baise répétitive qui ressemblait presque à une transe et n'avait d'agréable que de se faire à l'abri de l'orage. Si je m'étais voilé la face jusque-là, je ne pouvais plus prétendre que mon mari était tout à fait présent.

Ensuite nous avons déjeuné, puis regardé la télévision – je lui ai trouvé la rediffusion d'une course à la voile en double –, puis bavardé de nouveau. Il m'a demandé des nouvelles de certains de ses amis, ce que je n'ai pas pu lui donner. Je ne les voyais jamais. Ils n'avaient jamais été vraiment mes amis à moi : je ne cultivais aucune amitié, j'avais juste hérité celles-là de mon mari.

Nous avons essayé de jouer à un jeu de société, ri de la stupidité de certaines questions. Les étranges lacunes dans ses connaissances sont apparues et nous avons arrêté, un silence tombant sur nous. Il a lu le journal et quelques numéros récents de ses magazines préférés, regardé le journal télévisé. Ou peut-être a-t-il seulement fait semblant.

Quand la pluie a cessé, me sortant de ma petite sieste sur le canapé, il n'était plus à côté de moi. Je me suis efforcée de ne pas paniquer en ne le trouvant nulle part. Je suis sortie de la maison : il était sur le côté, devant le bateau qu'il avait acheté quelques années auparavant et que nous n'avions jamais réussi à faire entrer dans le garage. Ce n'était qu'un bateau à moteur avec cabine d'environ six mètres, mais il l'adorait.

Quand je suis venue mettre mon bras autour du sien, il avait l'air perplexe, presque malheureux, comme s'il se souvenait que le bateau comptait pour lui mais pas pourquoi. Il n'a pas semblé se rendre compte de ma présence : il continuait à fixer le cabin cruiser avec une intensité et une perplexité croissantes. Je sentais qu'il essayait de se rappeler un fait important, je ne me suis rendu compte que beaucoup plus tard que ce fait avait un rapport avec moi. Que mon mari aurait pu me dire quelque chose d'essentiel, à cet endroit et à cet instant-là, si seulement il avait pu se rappeler quoi. Si bien que nous sommes simplement restés là sans rien dire, et même si je sentais sa chaleur et sa masse près de moi, même si je l'entendais respirer tranquillement, nous vivions séparés.

Au bout d'un moment, j'en ai eu assez... de sa détresse anonyme qui ne menait nulle part, de son silence. Je l'ai reconduit à l'intérieur. Il ne m'en a pas empêchée. Il n'a pas protesté. Il n'a pas essayé de regarder le bateau par-dessus son épaule. Je crois que c'est à ce moment-là que j'ai pris ma décision. Si seulement il avait regardé en arrière. S'il m'avait résisté, rien qu'un instant, ç'aurait peut-être changé quelque chose.

Il finissait de dîner quand ils sont arrivés dans quatre ou cinq voitures banalisées et une camionnette de surveillance. Ils n'ont pas déboulé dans la maison avec de grands cris, menottes et armes bien en évidence, mais l'ont approché avec respect, on pourrait presque dire avec crainte : le genre de douceur attentive qu'on pourrait avoir en s'apprêtant à manipuler une bombe susceptible d'exploser. Il est parti sans protester et je les ai laissés sortir cet étranger de chez moi.

Je n'aurais pas pu les en empêcher, mais je ne le voulais pas, de toute manière. J'avais été de plus en plus paniquée durant ces dernières heures de cohabitation, de plus en plus persuadée que ce qui lui était arrivé dans la Zone X l'avait transformé en coquille vide, en automate dont le moindre geste était machinal. En un parfait inconnu. Chaque acte ou parole atypiques de sa part m'éloignaient davantage du souvenir de l'homme que j'avais connu, et malgré tout ce qui s'était passé, préserver cette idée de lui était important. C'est pour ça que j'ai appelé le numéro spécial qu'il m'avait laissé en cas d'urgence : je ne savais pas quoi faire de lui, je ne pouvais plus cohabiter davantage avec lui dans cet état modifié. Qu'il parte m'a surtout soulagée, à vrai dire, je ne me suis pas sentie coupable et n'ai pas eu l'impression de le trahir. Qu'aurais-je pu faire d'autre ?

Comme je l'ai dit, je lui ai rendu visite jusqu'au bout au service d'observation. Même sous hypnose, dans ces entretiens enregistrés, il n'avait rien de neuf à raconter, vraiment, à moins qu'on me l'ait caché. Je me souviens surtout de cette tristesse qui revenait sans cesse dans ce qu'il disait. « Je marche encore et encore sur le chemin qui va de la frontière au camp de base. Ça prend du temps et je sais que ça en prendra encore plus au retour. Il n'y a personne avec moi. Je suis tout seul. Les arbres n'en sont pas les oiseaux n'en sont pas et je ne suis pas moi mais seulement quelque chose qui marche depuis très longtemps... »

C'est vraiment la seule chose que j'ai découverte en lui après son retour : une profonde et interminable solitude, comme si on lui avait accordé un don dont il ne savait que faire. Un don qui était toxique pour lui et qui a fini par le tuer. Mais m'aurait-il tué, moi ? C'est la question qui me trottait dans le crâne les dernières fois que je l'ai regardé dans les yeux pour essayer, sans y parvenir, de savoir à quoi il pensait.

En effectuant les tâches de plus en plus répétitives requises par mon emploi dans un laboratoire stérile, je n'arrivais pas à me sortir la Zone X de la tête, je me disais que le seul moyen pour moi de savoir à quoi elle ressemblait était d'y aller. Personne ne pouvait me la raconter vraiment et aucun récit ne pourrait remplacer la réalité. Quelques mois après la mort de mon mari, je me suis donc portée volontaire pour une expédition dans la Zone X. Aucun conjoint d'un membre d'une précédente expédition ne l'avait jamais fait. Je crois qu'ils m'ont aussi acceptée pour voir si ce lien changerait quelque chose. Je pense qu'ils m'ont acceptée à titre d'expérience. Mais une fois de plus, peut-être s'attendaient-ils depuis le début à me voir m'engager.

Le lendemain matin, la pluie avait cessé et le ciel était d'un bleu fulgurant, presque sans le moindre nuage. Seules les aiguilles de pin dispersées sur nos toits de tente, les flaques boueuses et les branches cassées témoignaient de la tempête de la nuit. La luminosité qui infectait mes sens s'était répandue jusque dans ma poitrine : je ne peux pas le décrire autrement. Il y avait une *luminosité* en moi, une espèce d'impatience et d'énergie frissonnante qui repoussaient sans problème mon manque de sommeil. Est-ce que ça faisait partie du changement ? Mais ça n'avait pas d'importance, de toute manière… Je n'avais aucun moyen de lutter contre ce qui se produisait peut-être en moi.

J'avais aussi une décision à prendre, car je balançais entre le phare et la tour. Une partie de la luminosité voulait retrouver au plus vite les ténèbres, suivant une logique liée au courage ou à son absence. Retourner aussitôt dans la tour, sans réfléchir, sans préparatifs, serait un acte de foi, une preuve de résolution ou d'imprudence sans rien derrière. Mais je savais maintenant aussi qu'il y avait eu *quelqu'un* dans le phare durant la nuit. Si la psychologue y avait cherché refuge, et si j'arrivais à la retrouver, j'en apprendrais peut-être davantage sur la tour avant de continuer à explorer celle-ci. Ce qui semblait d'une importance croissante, davantage que la veille au soir, le nombre d'inconnues représenté par la tour ayant décuplé. Si bien qu'au moment où je suis allée parler à la géomètre, je m'étais décidée pour le phare.

Il flottait dans l'air du matin une odeur et une impression de nouveau départ, mais elles se sont avérées trompeuses. Si la géomètre n'avait pas voulu entendre parler d'une nouvelle descente dans la tour, le phare ne l'intéressait pas non plus.

« Tu ne veux pas aller voir si la psychologue y est ? »

Elle m'a regardée comme si j'avais posé une question stupide. « Claquemurée dans un endroit en hauteur qui dispose d'une visibilité parfaite dans toutes les directions ? Un endroit où ils nous ont dit qu'il y avait une cache d'armes ? Je vais tenter ma chance ici. Si t'étais maline, tu ferais pareil. Au lieu d'"aller voir" que tu n'aimes pas prendre une balle dans la tête. D'ailleurs, la psy n'y est peut-être pas. »

Son entêtement m'a porté sur les nerfs. C'était pour des raisons purement pratiques que je ne voulais pas qu'on se sépare – on nous avait en effet dit que les expéditions précédentes avaient stocké des armes dans le phare –, et aussi parce que je croyais très probable que la géomètre essaie de retourner sans moi à la frontière.

« C'est le phare ou la tour. » J'essayais de contourner le problème. « Et il vaudrait mieux qu'on trouve la psychologue avant de redescendre dans la tour. Elle a vu ce qui a tué l'anthropologue. Elle en sait plus qu'elle ne nous en a dit. » La pensée inexprimée : peut-être qu'au bout d'un jour ou deux, la chose qui vivait dans la tour et y écrivait lentement des mots au mur aurait disparu ou pris une telle avance sur nous qu'on ne la rattraperait jamais. Mais ça m'a mis en tête l'image perturbante d'une tour qui n'en finissait jamais, ses marches descendant toujours plus bas dans le sol.

La géomètre a croisé les bras. « Tu n'as toujours pas compris, hein ? La mission est terminée. »

Avait-elle peur ? Ne m'appréciait-elle tout simplement pas assez pour accepter ? Quoi qu'il en soit, sa résistance me mettait en colère, tout comme son air suffisant.

Sur le moment, j'ai fait quelque chose que je regrette à présent. J'ai dit : « Il n'y a pas de *récompense dans le risque* de retourner sans attendre à la tour. »

Je pensais avoir bien imité l'intonation employée par la psychologue pour ses suggestions hypnotiques, mais un frémissement a parcouru le visage de la géomètre, une espèce de désorientation temporaire. Quand il a cessé, j'ai vu à son expression qu'elle comprenait ce que j'avais essayé de faire. Ce n'était même pas de la surprise, plutôt comme si, dans son esprit, l'opinion qu'elle commençait à se faire de moi se trouvait définitivement confirmée. Et je savais désormais que les suggestions hypnotiques ne fonctionnaient que prononcées par la psychologue.

« Tu ferais n'importe quoi pour arriver à tes fins, pas vrai ? » a-t-elle demandé, mais le fait est qu'elle tenait le fusil. Quelle arme avais-je vraiment ? Je me suis dit alors que j'avais suggéré cette ligne de conduite par refus que l'anthropologue soit morte pour rien.

Comme je ne répondais pas, elle a soupiré avant de continuer d'une voix lasse : « Tu sais quoi, j'ai fini par comprendre pendant que je développais ces photos inutiles. Ce qui m'ennuyait le plus. Ce n'est pas la chose dans le tunnel ni ton comportement ni quoi que ce soit de ce qu'a dit la psychologue. C'est ce fusil dans ma main. Ce fichu fusil. En le démontant pour le nettoyer, je me suis rendu compte que toutes ses pièces étaient vieilles de trente ans. *Rien* de ce qu'on a apporté ne date du présent. Ni nos vêtements ni nos chaussures. Tous sont vieux. Des merdes restaurées. On vit dans le passé depuis le début. On participe à une espèce de *reconstitution*. Et pourquoi ? » Elle a fait un bruit moqueur. « Tu ne sais même pas pourquoi. »

Elle ne m'avait jamais parlé autant d'un coup. J'ai voulu répondre que ce n'était pas une grosse surprise dans la hiérarchie de ce que nous avions découvert pour l'instant. Mais je ne l'ai pas fait. Tout ce qu'il me restait, c'était la concision.

« Je te retrouve ici en revenant ? » ai-je demandé.

C'était devenu la question primordiale, et je n'ai aimé ni la rapidité avec laquelle elle a répondu ni le ton sur lequel elle l'a fait.

« Si tu veux.

— Ne promets rien que tu ne puisses tenir. » J'avais cessé depuis longtemps de croire aux promesses. Aux impératifs biologiques, oui. Aux facteurs environnementaux, oui. Aux promesses, non.

« Va te faire foutre », a-t-elle lancé.

Ça s'est donc terminé ainsi… elle installée dans cette chaise bringuebalante avec son fusil d'assaut à la main, moi partant découvrir l'origine de la lumière que j'avais vue cette nuit-là. J'ai emporté un sac à dos rempli d'eau et de nourriture, deux des pistolets, du matériel à échantillons et un des microscopes. Quelque part, je me sentais davantage en sécurité en prenant un microscope. Et quelque chose en moi, même si j'avais essayé de convaincre la géomètre de m'accompagner, se réjouissait de pouvoir partir seule en exploration, de n'avoir à dépendre ni à m'inquiéter de qui que ce soit.

J'ai regardé deux fois en arrière avant le premier virage : la géomètre était toujours sur sa chaise à me suivre des yeux comme si j'étais un reflet déformé de la personne que j'avais été seulement quelques jours auparavant.

03 : Immolation

J'ai été prise d'une étrange humeur tandis que je marchais, seule et en silence, entre les derniers pins et les pneumatophores de cyprès qui semblaient flotter dans l'eau noire, de la mousse grise recouvrant tout. J'avais l'impression d'évoluer dans ce paysage les oreilles résonnant d'une aria expressive et passionnée. Tout était imprégné, baigné d'émotion, et je n'étais plus une biologiste, mais, d'une certaine manière, la crête d'une vague qui enflait et enflait encore sans jamais aller s'écraser sur le rivage. Ces nouveaux yeux m'ont permis de voir les subtilités de la transition au marécage, aux salants. La piste est devenue une berme surélevée, flanquée à droite de lacs ternes gorgés d'algues et longée à gauche par un canal. Les méandres de vagues chenaux dessinaient un labyrinthe dans une forêt de roseaux côté canal, et des îles, oasis d'arbres déformés par le vent, sont apparues au loin comme de soudaines révélations. Ces arbres courbés et noircis contrastaient horriblement d'aspect avec la grande étendue brun doré miroitante des roseaux. L'étrange qualité de la lumière sur cet habitat, l'immobilité globale, l'impression d'*attente* ont failli provoquer en moi une espèce d'extase.

Le phare se dressait derrière, avec auparavant les ruines d'un village, elles aussi figurées sur la carte. Mais je voyais devant moi le sentier, jonché par endroits de morceaux de bois flotté blanc bizarrement torturé que d'anciens ouragans avaient jetés à l'intérieur des terres. Des légions de minuscules sauterelles rouges logeaient dans les hautes herbes et seules quelques grenouilles venaient en faire bombance. Des tunnels d'herbe aplatie marquaient le passage qu'empruntaient d'énormes reptiles pour regagner l'eau après un bain de soleil. Dans le ciel, des rapaces tournaient à la recherche de proies sur le sol, leur vol si contrôlé qu'ils semblaient décrire des figures géométriques.

Dans ce cocon d'atemporalité, avec le phare qui semblait toujours aussi lointain quelle que soit la distance que j'avais parcourue, je disposais de davantage de temps pour réfléchir à la tour et à notre expédition. À ce stade, j'avais le sentiment d'avoir abdiqué ma responsabilité, celle de considérer les éléments découverts à l'intérieur de la tour comme constitutifs d'une immense entité biologique qui n'était pas forcément de ce monde. Mais me pencher à un niveau macroscopique sur la véritable énormité de cette idée aurait fait voler mon humeur en éclats à la manière d'une avalanche me tombant sur le corps.

Et donc... qu'est-ce que je savais ? En quoi consistaient les détails spécifiques ? Depuis peut-être très longtemps, un... organisme... écrivait des mots vivants sur les murs intérieurs de la tour. Des écosystèmes entiers avaient fait leur apparition et se développaient à présent au milieu des mots, en dépendaient, mouraient quand ceux-ci s'estompaient. Mais c'était un effet secondaire de la création de conditions adéquates, d'un habitat viable. Ça n'avait d'importance qu'en ce sens où la façon dont s'étaient adaptées les créatures vivant dans les mots pourrait m'en apprendre davantage sur la tour. Par exemple, les spores que j'avais inhalées, qui indiquaient une *vision fidèle*.

L'idée me fit stopper net, cernée par l'ondulation floue des roseaux malmenés par le vent. J'avais supposé que la psychologue m'avait, par hypnotisme, fait voir la tour comme une construction physique et non une entité biologique, et que les spores avaient eu entre autres effets de m'immuniser contre cette suggestion hypnotique. Mais si le processus avait été plus complexe ? Si, par je ne sais quels moyens, la *tour* avait elle aussi eu un effet… un effet qui consisterait en une espèce de mimétisme défensif contre lequel les spores m'avaient immunisée ?

Dans ce contexte se télescopaient plusieurs questions et très peu de réponses. Quel rôle le *Rampeur* jouait-il ? (J'avais estimé important d'attribuer un nom au créateur des mots.) À quoi servait la « récitation » physique des mots ? Fallait-il que ce soient ces mots-là ou bien n'importe lesquels feraient-ils l'affaire ? D'où venaient-ils ? Quelle interaction y avait-il entre eux et la créature de la tour ? Formulé autrement : étaient-ils une forme de communication symbiotique et parasitique entre le Rampeur et la Tour ? Soit le Rampeur était un *émissaire* de celle-ci, soit il existait au départ indépendamment d'elle et n'était arrivé que plus tard dans son orbite. Mais sans ce fichu échantillon du mur de la Tour, j'aurais du mal à me faire un début d'idée.

Ce qui m'a ramenée aux mots. *Là où gît le fruit étrangleur venu de la main du pécheur...* Guêpes, oiseaux et autres nidificateurs se servent souvent pour leurs constructions d'un matériau ou une substance de base irremplaçable, mais y incorporent aussi ce qu'ils trouvent dans leur environnement immédiat. Cela pouvait expliquer la nature apparemment aléatoire des mots. Elle ne faisait que constituer du matériau, d'où peut-être l'interdiction par nos supérieurs de toute introduction de high-tech dans la Zone X: ils savaient que l'occupant de cet endroit était susceptible de l'utiliser d'une manière puissante et inconnue.

Plusieurs idées nouvelles ont explosé en moi tandis que j'observais un busard Saint-Martin plonger entre les roseaux, puis remonter les serres refermées sur un lapin qui se débattait. D'abord, que les mots – leur enfilade, leur présence physique – étaient absolument indispensables au bien-être de la Tour, du Rampeur ou des deux. J'avais vu les vagues squelettes de tant d'anciennes lignes d'écriture qu'on pouvait supposer que le travail du Rampeur répondait à un impératif biologique. Ce processus enrichissait peut-être le cycle de reproduction de la Tour ou du Rampeur. Peut-être celui-ci en dépendait-il et qu'il profitait par ailleurs à la Tour. Ou vice versa. Peut-être les mots n'avaient-ils pas d'importance car il s'agissait d'un processus de *fertilisation*, processus qui ne s'achève-rait pas avant que la ligne des mots s'étende sur toute la longueur du mur à main gauche de la Tour.

Malgré mes tentatives pour maintenir l'aria dans ma tête, examiner ces possibilités m'a brutalement ramenée à la réalité. Soudain, je n'étais qu'une personne traversant un paysage naturel d'un genre que j'avais déjà rencontré. Il y avait trop de variables et pas assez de données, et mes hypothèses de départ pouvaient être fausses. Pour commencer, dans tout cela, j'avais supposé que ni le Rampeur ni la Tour n'étaient intelligents, dans le sens de *jouissant du libre arbitre*. Ma théorie sur la procréation continuait de fonctionner dans ce contexte plus large, mais il y avait d'autres possibilités. Le rôle du rituel, par exemple, dans certaines cultures et sociétés. Comme l'accès à l'esprit de l'anthropologue me manquait, à présent, même si l'étude des insectes sociaux m'avait appris certaines choses dans des domaines scientifiques comparables.

Et si ce n'était pas un rituel, ça me ramenait aux buts de la communication, cette fois dans un sens conscient et non biologique. Que pouvaient communiquer à la Tour les mots sur le mur? Il me fallait supposer, du moins le pensais-je, que le Rampeur ne vivait pas tout simplement dans la Tour… il s'en aventurait loin pour rassembler les mots et devait les assimiler, même s'il ne les comprenait pas, avant de revenir dans la Tour. En un sens, il devait les *mémoriser*, ce qui était une forme d'absorption. Les séries de phrases sur les murs de la Tour pouvaient être un *témoignage* rapporté par le Rampeur à la Tour pour qu'elle l'analyse.

Mais on ne peut penser même à une petite fraction d'un tout monumental sans se heurter à une limite. On continue de voir derrière soi se dresser l'ombre de ce tout et on se perd dans ses pensées en partie à cause de la panique ressentie en s'apercevant de la *taille* de ce léviathan. J'ai dû en rester là avec ça, le laisser ainsi compartimenté jusqu'à ce que je puisse coucher le tout sur papier et, en le voyant sur la page, commencer à envisager la véritable signification. Et puis le phare avait enfin grossi sur l'horizon. Sa présence m'est devenue pesante quand je me suis rendu compte que la géomètre avait eu raison au moins sur un point : quelqu'un dans le phare me verrait approcher à des kilomètres. Mais là encore, cet autre effet des spores, cette luminosité dans ma poitrine, a continué de me façonner pendant que je marchais, et une fois au village désert, soit à mi-chemin du phare, je me croyais capable de courir un marathon. Je me suis méfiée de cette impression. Je sentais qu'on me mentait de bien des manières.

Pendant notre instruction, le calme surnaturel des membres de la onzième expédition m'avait souvent fait penser aux rapports anodins de la première. La Zone X, avant l'Événement mal défini qui l'a confinée il y a trente ans derrière la frontière et l'a rendue sujette à tant de phénomènes inexplicables, faisait partie d'une région sauvage juste à côté d'une base militaire. Cette espèce de réserve naturelle avait malgré tout eu des habitants, pour l'essentiel peu loquaces et descendants de pêcheurs. Leur disparition a pu passer aux yeux de certains pour la simple intensification d'un phénomène amorcé depuis plusieurs générations.

À l'apparition de la Zone X, il y a eu imprécision et confusion, et aujourd'hui encore, peu de gens dans le monde connaissent son existence. La version gouvernementale des événements parlait surtout d'une catastrophe environnementale localisée provoquée par des recherches militaires expérimentales. Cette version a fuité petit à petit dans la sphère publique plusieurs mois durant, si bien que, comme dans l'histoire de la grenouille dans une marmite en train de chauffer, elle s'est progressivement introduite dans la conscience comme élément du bruit quotidien de la sursaturation médiatique sur les ravages écologiques en cours. Ceux qui voyaient des complots partout et autres éléments marginaux s'en sont emparés en un an ou deux. Quand, m'étant portée volontaire, j'ai reçu ensuite l'habilitation de sécurité nécessaire pour avoir une image fidèle de la réalité, l'idée d'une « Zone X » flottait dans de nombreux esprits comme un ténébreux conte de fées, quelque chose auquel on ne voulait pas trop penser. Si tant est qu'on y pensait. Nous avions tellement d'autres problèmes.

Pendant l'instruction, on nous a dit que la première expédition était entrée dans la Zone X deux ans après l'Événement, les scientifiques ayant trouvé un moyen de franchir la frontière. C'est cette première expédition qui a mis en place le périmètre du camp de base et fourni une carte grossière de la Zone X, confirmant un grand nombre de points de repère. Elle a découvert un milieu sauvage immaculé absolument inhabité. Elle a découvert ce que certains pourraient appeler un silence surnaturel.

« J'avais l'impression à la fois d'être plus libre et d'avoir plus de contraintes que jamais, a raconté l'un des membres de l'expédition. J'avais l'impression de pouvoir faire n'importe quoi *du moment que je me fichais qu'on m'observe.* »

D'autres ont mentionné des sentiments d'euphorie et des désirs sexuels extrêmes, pour lesquels il n'y avait aucune explication et que leurs supérieurs ont fini par décréter insignifiants.

Si on pouvait repérer des anomalies dans leurs rapports, elles étaient marginales. Déjà, nous n'avons pas vu leurs journaux : leurs comptes rendus prenaient la forme de longs entretiens enregistrés. Ce qui, pour moi, laissait entendre une certaine volonté d'éviter leur témoignage brut, même si à l'époque j'ai aussi pensé que je pouvais être paranoïaque, au sens non clinique du terme.

Certains ont fourni du village abandonné des descriptions qui m'ont semblé incohérentes. L'altération et la quantité de ruines ne dépeignaient pas un endroit à l'abandon depuis seulement quelques années. Mais si quelqu'un s'était déjà aperçu de cette anomalie, le dossier avait été expurgé de toute observation de ce type.

Je suis maintenant persuadée que le reste de l'expédition et moi avons eu accès à ces dossiers pour la simple raison que, en ce qui concernait certains types d'informations secrètes, peu importait que nous les sachions ou non. Ce dont on ne pouvait tirer qu'une seule conclusion logique : l'expérience avait appris à nos supérieurs que peu voire aucune d'entre nous ne reviendrait.

Le village désert s'était tellement enfoncé dans le paysage naturel du littoral que je ne l'ai vu qu'en arrivant dans le creux où il se trouvait, bordé d'autres arbres chétifs. Les douze ou treize maisons avaient presque toutes perdu leur toit et le chemin qui passait entre elles n'était plus que débris poreux. Si certains murs extérieurs tenaient encore debout, bois sombre et pourrissant barbouillé de lichen, la plupart étaient tombés et m'offraient un aperçu bizarre de l'intérieur : les restes de chaises et de tables, des jouets d'enfant, des vêtements moisis, des solives tombées sur le sol, tout cela couvert de mousse et de plantes grimpantes. Il flottait une forte odeur chimique et on voyait plus d'un cadavre d'animal en train de se décomposer dans les restes de végétation. Avec le temps, certaines maisons avaient glissé dans le canal à gauche et leurs restes squelettiques évoquaient des créatures s'efforçant de sortir de l'eau. Tout donnait l'impression qu'il s'était produit un siècle plus tôt quelque chose dont ne restaient que de vagues souvenirs.

Mais dans ce qui avait été des cuisines, des salons ou des chambres, j'ai aussi vu quelques étranges foisonnements de mousse ou de lichen qui montaient, difformes, à un mètre vingt ou un mètre cinquante, la matière végétale dessinant plus ou moins des membres, des têtes et des torses. Comme si elle avait coulé au pied de ces objets à cause de la gravité. Ou peut-être ne faisais-je qu'imaginer cet effet.

Une scène en particulier m'a fait une forte impression, presque émotionnelle. Quatre foisonnements de ce genre, l'un « debout » et trois décomposés au point d'être « assis » dans ce qui avait dû être un salon avec une table basse et un canapé… tous faisaient face au coin opposé de la pièce où ne restaient que les vestiges branlants d'une cheminée en briques.

L'odeur de citron vert et de menthe a augmenté d'un coup, tranchant dans celle de moisi et de terreau.

Je n'ai pas voulu m'interroger sur cette scène, sur sa signification ou sur l'élément du passé qu'elle représentait. Aucun sentiment de quiétude n'émanait de cet endroit, seulement l'impression de quelque chose laissé en suspens ou encore en cours. J'ai voulu poursuivre mon chemin, mais j'ai d'abord prélevé des échantillons. Je ressentais le besoin de documenter ce que j'avais découvert et une photographie ne semblait pas suffire, étant donné ce que les précédentes avaient donné au développement. J'ai découpé un peu de mousse sur le « front » d'un des foisonnements. J'ai pris des éclats de bois. J'ai même raclé de la chair sur les cadavres d'animaux : un renard recroquevillé et sec, ainsi qu'une espèce de rat sans doute mort seulement depuis un jour ou deux.

À peine avais-je quitté le village qu'il s'est déroulé un événement curieux. J'ai vu avec surprise deux lignes parallèles venir soudain vers moi sur l'eau du canal. Mes jumelles n'auraient servi à rien, le soleil rendant l'eau opaque. Des loutres ? Des poissons ? Autre chose ? J'ai dégainé mon pistolet.

Les dauphins ont alors fait surface et l'ébahissement a été presque aussi total que pendant la première descente dans la Tour. Je savais que des dauphins s'aventuraient parfois ici depuis l'océan, s'étaient adaptés à l'eau douce. Mais quand l'esprit s'attend à un certain éventail de possibilités, toute explication qui ne figure pas dans celui-ci peut surprendre. Il s'est alors produit encore plus troublant. En passant, le plus proche s'est un peu incliné sur le flanc pour me regarder avec un œil qui, durant les quelques instants qu'a duré l'épisode, ne m'a pas semblé celui d'un dauphin. Il était affreusement humain, presque familier. L'impression n'a guère duré, les cétacés ayant replongé, me privant de tout moyen de vérifier ce que j'avais vu. Je suis restée plantée là à regarder ces sillons jumeaux disparaître plus haut dans le canal, du côté du village désert. Il m'est venu l'idée perturbante que le monde naturel autour de moi s'était transformé en une espèce de camouflage.

Un peu secouée, je me suis remise en marche vers le phare, à présent plus imposant, presque lourd, presque autoritaire avec ses bandes blanches et noires surmontées de rouge. Je ne trouverais plus aucun abri avant d'arriver à destination. Pour qui (ou ce qui) observait de là-haut, j'apparaîtrais nettement comme quelque chose de peu naturel, d'étranger dans ce paysage. Peut-être même comme une menace.

Il était presque midi quand je suis arrivée au phare. Si j'avais pris soin de manger un peu et de boire pendant le trajet, j'étais malgré tout fatiguée: peut-être le manque de sommeil m'avait-il rattrapée. Il faut dire aussi que les trois cents derniers mètres ont été tendus, l'avertissement de la géomètre ne cessant de me revenir en tête. J'avais dégainé un pistolet, que je tenais le long du corps, pour ce que ça aurait pu servir contre un fusil de gros calibre. L'œil à la fois sur la petite fenêtre à mi-hauteur de la surface rayée noir et blanc et sur les grandes baies vitrées tout en haut, je guettais le moindre mouvement.

Le phare était situé juste avant une arête naturelle de dunes qui ressemblait à une vague courbe face à l'océan et précédait la plage. De près, on ne pouvait s'empêcher d'avoir l'impression qu'il avait été transformé en forteresse, ce que, comme par hasard, personne ne nous avait dit pendant notre instruction. Cette impression ne faisait que confirmer celle que je m'en étais faite de plus loin, car même si l'herbe était encore haute, aucun arbre ne poussait le long des cinq cents derniers mètres du sentier : je n'avais trouvé que de vieilles souches. Arrivée à deux cents mètres, j'avais examiné les lieux aux jumelles et remarqué ainsi, côté terre, un mur circulaire d'environ trois mètres qui ne faisait manifestement pas partie de la construction d'origine.

Côté océan, il y avait un autre mur, fortification d'aspect encore plus robuste placée haut sur la dune en cours d'éboulement, avec au sommet des tessons de bouteilles et, ai-je vu en m'approchant, des créneaux dégageant des lignes de visée pour des fusils. Il menaçait de basculer dans la pente menant à la plage, mais qu'il ne l'ait pas encore fait montrait que ses constructeurs l'avaient doté de profondes fondations. Des défenseurs du phare avaient apparemment été en guerre contre l'océan par le passé. Ce mur ne me plaisait pas, parce qu'il était la preuve d'une forme très spécifique de démence.

À un moment donné, quelqu'un s'était aussi donné la peine de descendre en rappel les flancs du phare pour y fixer des éclats de verre à la colle forte ou je ne sais quel adhésif, depuis approximativement un tiers de la hauteur jusqu'à l'avant-dernier niveau, juste en dessous de la lanterne dans son enclos vitré. Une espèce de collier métallique saillait là sur quatre-vingts ou quatre-vingt-dix centimètres, élément défensif rehaussé de barbelé rouillé.

Quelqu'un s'était démené pour empêcher les autres d'entrer. J'ai pensé au Rampeur et aux mots sur le mur. J'ai pensé à l'obsession pour le phare dans les fragments de notes laissés par l'expédition précédente. Malgré ces éléments discordants, j'ai été ravie d'atteindre l'ombre de ce mur frais et humide qui entourait le phare côté continent : personne ne pouvait plus me tirer dessus depuis le sommet ou la fenêtre à mi-hauteur. J'avais remporté la première épreuve. Si la psychologue était à l'intérieur, elle avait décidé de ne pas recourir à la violence pour le moment.

À voir son niveau de délabrement, le mur défensif n'était plus entretenu depuis des années. Un grand trou irrégulier conduisait à la porte d'entrée du phare. Celle-ci avait été enfoncée et seuls quelques morceaux de bois s'accrochaient encore aux gonds rouillés. Une plante grimpante aux fleurs violettes avait colonisé le mur du phare et recouvert les restes de la porte sur la gauche. C'était réconfortant, puisque toute cette violence avait dû se produire longtemps auparavant.

L'obscurité à l'intérieur, par contre, m'a mise sur mes gardes. Me souvenant des plans vus au cours de mon instruction, je savais que ce rez-de-chaussée comportait trois pièces périphériques, l'escalier pour le sommet se situant quelque part sur la gauche, les pièces sur la droite donnant accès à une zone arrière avec au moins un espace de plus grande taille. Il y avait beaucoup de cachettes possibles.

J'ai ramassé un galet que j'ai lancé pour qu'il aille rouler sur le sol derrière les deux battants enfoncés. Il a bruyamment heurté le carrelage et glissé hors de vue en tournant sur lui-même. Je n'ai entendu aucun autre bruit, aucun mouvement, aucun signe d'une autre respiration que la mienne. Le pistolet toujours à la main, je suis entrée le plus silencieusement possible, l'épaule contre le mur à main gauche, à la recherche de l'escalier.

Je n'ai vu personne dans les trois pièces périphériques au rez-de-chaussée. Le bruit du vent était assourdi, les murs épais, et seules deux petites fenêtres vers l'avant laissaient entrer du jour : j'ai dû me servir de ma torche. Au fur et à mesure que ma vision s'adaptait, le sentiment de dévastation, de solitude n'a fait que grandir. La plante grimpante à fleurs violettes s'arrêtait juste à l'entrée, incapable de se développer dans l'obscurité. Il n'y avait pas de chaise. Le carrelage par terre était couvert de saleté et de débris. Il ne restait aucun effet personnel, dans ces trois pièces. Au milieu d'un grand espace libre, j'ai trouvé l'escalier. Sur lequel personne ne m'observait, mais j'ai eu le sentiment que quelqu'un avait pu se tenir là un instant plus tôt. J'ai pensé monter à la lanterne avant d'explorer la pièce du fond, mais en ai décidé autrement. Mieux valait réfléchir comme la géomètre, avec sa formation militaire, et s'assurer qu'il n'y avait personne, même si quelqu'un pourrait toujours entrer par la porte pendant que je serais là-haut.

La pièce du fond ne racontait pas la même histoire que celles de devant. Mon imagination ne pouvait fournir qu'une reconstitution imprécise et grossière des événements. De lourdes tables en chêne avaient été renversées pour former de rudimentaires barricades. Certaines étaient trouées un peu partout par des balles, d'autres semblaient à demi fondues ou déchiquetées par des fusillades. Derrière elles, les taches sombres sur les murs ou par terre disaient une soudaine et indescriptible violence. La poussière s'était déposée partout, avec l'odeur fraîche et éventée que laissait une lente décomposition. J'ai vu des crottes de rat et des traces laissant penser qu'un lit ou peut-être un simple matelas avait été ensuite placé dans un coin… mais qui aurait pu dormir au milieu de tels restes de massacre ? Quelqu'un avait de plus gravé ses initiales sur une des tables : « R.S. est passé par là. » Elles semblaient relativement récentes. Peut-être un visiteur insensible d'un monument aux morts graverait-il ses initiales dessus, mais en l'occurrence, ça puait l'acte fanfaron par lequel on cherche à étouffer sa peur.

L'escalier attendait, et pour réprimer mon mal de cœur naissant, je suis allée l'emprunter. J'ai dû ranger mon pistolet, ayant besoin de cette main pour mon équilibre, mais j'aurais aimé avoir le fusil d'assaut de la géomètre. Je me serais sentie davantage en sécurité.

La montée a été étrange, comparée à mes descentes dans la Tour. Je préférais l'aspect saumâtre de la lumière sur ces murs intérieurs grisâtres à la phosphorescence de la Tour, mais ce que j'ai trouvé sur ces murs-là ne m'a pas moins troublée, bien que d'une manière différente. D'autres taches de sang, pour la plupart en traînées épaisses comme répandues par plusieurs personnes essayant d'échapper à ceux qui les attaquaient d'en dessous. Parfois des dégoulinures. Parfois une projection de gouttelettes.

Des mots avaient été tracés, très différents par contre de ceux dans la Tour. D'autres initiales, mais aussi d'obscènes petites images et quelques phrases

117

plus personnelles. Des indices moins ténus sur ce qui avait pu se passer : « 4 caisses de nourriture 3 caisses de fournitures médicales et de l'eau potable pour 5 si rationnement ; assez de munitions pour tout le monde si nécessaire. » Et aussi des confessions, que je ne reproduirai pas ici, mais d'une sincérité et d'un poids tels que leurs auteurs devaient les avoir écrites en pensant leur mort imminente ou prochaine. Tant de personnes ayant un tel besoin de communiquer ce qui n'équivalait à pas grand-chose.

Objets trouvés sur les marches… une chaussure… un chargeur de pistolet automatique… quelques fioles moisies contenant des échantillons depuis longtemps pourris ou transformés en liquide rance… un crucifix qui semblait avoir été arraché du mur… un écritoire à pince, la partie en bois détrempée et les pièces métalliques colorées par la rouille… et le pire de tous, un lapin mécanique déglingué aux oreilles en lambeaux. Peut-être un porte-bonheur introduit en fraude lors d'une des expéditions. Pour ce que j'en savais, il n'y avait pas eu un seul enfant dans la Zone X depuis l'apparition de la frontière.

Approximativement à mi-hauteur, je suis arrivée à un palier qui devait être situé à l'endroit où j'avais vu la lumière durant la nuit. Le silence dominait toujours et je n'avais pas entendu le moindre mouvement au-dessus de moi. On y voyait plus clair grâce aux fenêtres à gauche et à droite. Les projections et taches de sang cessaient brutalement, même si les murs étaient criblés de balles. Des douilles jonchaient le sol, mais quelqu'un avait pris la peine de les pousser sur les côtés pour dégager le passage. À gauche s'empilaient des pistolets et des fusils, certains très vieux, certains sans rien de militaire. Difficile de savoir si quelqu'un y avait touché depuis peu. J'ai repensé à ce qu'avait dit la géomètre et me suis demandé quand je tomberais sur un tromblon ou toute autre horrible plaisanterie.

À part ça, il n'y avait que la poussière, la moisissure, et une minuscule fenêtre carrée qui donnait sur la plage et les roseaux. En face, accrochée à un clou, on voyait une photographie noir et blanc dans un cadre brisé au verre sale, fendu et à moitié recouvert de taches de moisissure verte. Elle représentait deux hommes debout au pied du phare, avec une gamine sur le côté. Un trait au marqueur entourait l'un des hommes. Il semblait avoir la cinquantaine et portait une casquette de pêcheur. Un regard perçant d'aigle luisait dans un visage lourd à l'œil gauche tellement plissé qu'on ne le voyait plus. Une épaisse barbe mangeait ce visage, laissant seulement soupçonner un menton volontaire. Il ne souriait pas, mais ne se renfrognait pas non plus. J'avais assez croisé de gardiens de phare pour en reconnaître un. Mais autre chose en lui, peut-être seulement l'étrange manière dont la poussière encadrait son visage, m'a fait penser qu'il était le gardien du phare. Ou peut-être avais-je déjà passé trop de temps dans cet endroit : mon esprit cherchait une réponse même aux questions les plus simples.

La masse arrondie du phare derrière ces trois personnes était nette et brillante, la porte tout à droite en bon état. Rien ne ressemblant à ce que j'avais trouvé, je me suis demandé quand la photo avait été prise. Combien d'années s'étaient écoulées ensuite avant le début de tout ça. Combien d'années le gardien du phare avait-il respecté son emploi du temps et ses rituels, vécu dans cette communauté, fréquenté le bar ou l'auberge des environs. Peut-être avait-il été marié. Peut-être la gamine sur la photo était-elle sa fille. Peut-être avait-il été populaire. Ou solitaire. Ou un peu des deux. De toute manière, ça ne changeait rien au résultat.

Je l'ai dévisagé à des années de distance en essayant de voir dans le cliché moisi, dans la forme de sa mâchoire et la manière dont son regard reflétait la lumière quelles réactions il avait pu avoir et à quoi avaient ressemblé ses dernières heures. Peut-être était-il parti à temps, mais j'en doutais. Peut-être même finissait-il de se décomposer dans un coin oublié du rez-de-chaussée. Ou bien, ai-je pensé avec un frisson soudain, peut-être m'attendait-il là-haut, au sommet. Sous une forme ou sous une autre. J'ai sorti la photo de son cadre et l'ai fourrée dans ma poche. Le gardien du phare m'accompagnerait, même si on ne pouvait pas vraiment le considérer comme un porte-bonheur. En me remettant à monter, il m'est venu l'idée étrange que je n'étais pas la première à empocher cette photo, qu'il y aurait toujours quelqu'un pour venir ensuite la remplacer et entourer de nouveau au marqueur le gardien du phare.

J'ai trouvé d'autres signes de violence en montant. Plus j'approchais du sommet, plus j'avais l'impression que quelqu'un avait vécu là peu auparavant. L'odeur de moisi cédait la place à celle de sueur, mais aussi à une autre qui évoquait le savon. Il y avait moins de débris sur les marches et les murs étaient propres.

Quand je me suis penchée sur la dernière et étroite série de marches, celle qui débouchait dans la pièce de la lanterne, le plafond s'est rapproché d'un coup et j'ai été certaine que je trouverais à mon arrivée quelqu'un en train de me regarder.

J'ai donc ressorti mon pistolet. Sauf qu'une fois encore, il n'y avait personne... rien que deux ou trois chaises, une table branlante sur une carpette, et la surprise de constater qu'à cet endroit-là, le verre épais n'avait pas souffert. La lanterne elle-même, éteinte et inactive, occupait le centre de la pièce. On y voyait à des kilomètres à la ronde. J'ai regardé quelques instants par où j'étais arrivée : le chemin que j'avais pris, l'ombre au loin qui devait être le village, et sur la droite, derrière le dernier salant, la transition vers les broussailles et les buissons tordus maltraités par le vent du large. Accrochés au sol, ils empêchaient son érosion, contribuaient à la protection des dunes et à celle des graminées appelées unioles maritimes qui venaient ensuite. De là, une pente douce allait jusqu'à la plage scintillante, à l'écume, aux vagues.

En regardant alors en direction du camp de base au milieu du marécage et des pins au loin, j'ai vu des volutes de fumée noire qui pouvaient signifier tout et n'importe quoi. Mais aussi, à l'emplacement de la Tour, une espèce de luminosité, une sorte de phosphorescence réfractée, à laquelle je ne supportais pas de penser. Que je la voie, que je me sente attirée par elle me perturbaient. J'étais certaine que ni la géomètre, ni la psychologue, ni personne d'autre encore présent ne voyaient ce brassage de l'inexplicable.

Je me suis intéressée aux chaises, à la table, en cherchant ce qui pourrait me renseigner sur... peu importait sur quoi. Au bout de quatre ou cinq minutes, j'ai pensé à tirer la carpette. Une trappe carrée d'environ un mètre vingt de côté était dissimulée dessous, le loquet serti dans le bois du plancher. J'ai écarté la table, qui a raclé le sol avec un bruit si déchirant que j'en ai grincé des dents. Puis, d'un geste rapide au cas où quelqu'un attende dessous, j'ai ouvert la trappe à la volée en criant une bêtise du genre « Je suis armée! », mon pistolet brandi d'une main et ma torche de l'autre.

J'ai vaguement senti le poids du premier rejoindre le sol et la seconde trembler entre mes doigts, même si j'ai réussi à ne pas la lâcher. Je n'en croyais pas mes yeux et je me sentais perdue. La trappe donnait sur un espace profond de quatre ou cinq mètres et large de presque dix. La psychologue était manifestement passée par là, son sac à dos, plusieurs armes, des bouteilles d'eau et une grosse torche électrique étant posés sur la gauche. Mais aucun signe de la psychologue elle-même.

Non, ce qui m'a coupé le souffle et fait tomber à genoux comme sous l'effet d'un direct au foie, c'est l'énorme monticule qui occupait l'essentiel de l'espace, une sorte de tas d'ordures démentiel. J'avais sous les yeux une pile de documents au sommet constitué de centaines de journaux identiques à ceux qu'on nous avait fournis pour noter nos observations dans la Zone X. Chacun avec une fonction, un métier inscrit sur la couverture. Chacun, comme je m'en apercevrais, écrit de la première à la dernière page. Beaucoup, beaucoup trop de journaux pour seulement douze expéditions.

Pouvez-vous vraiment imaginer ce que j'ai ressenti quand j'ai *vu ça* en baissant les yeux sur cet espace obscur? Peut-être bien. Peut-être le regardez-vous en ce moment même.

Ma troisième et meilleure affectation sur le terrain, après la fac, m'a envoyée loin sur la côte ouest, sur une langue de terre en forme de hameçon à l'extrémité la plus éloignée de la civilisation, dans une région où le climat oscillait entre arctique et tempéré. Un endroit où la planète avait dégorgé d'énormes formations rocheuses et fait pousser autour une vieille forêt pluviale. Ce monde était perpétuellement humide, avec des précipitations annuelles proches des cent quatre-vingts centimètres, et voir des feuilles non constellées de gouttelettes d'eau y était un événement extraordinaire. L'air était d'une pureté si incroyable et la végétation si dense, d'un vert si riche que la moindre spirale de fougère semblait servir à me mettre en paix avec le monde. Des ours, des panthères et des élans vivaient dans ces forêts, ainsi qu'un grand nombre d'espèces d'oiseaux. Les ruisseaux étaient peuplés de poissons énormes et sans mercure.

J'habitais un village d'environ trois cents âmes non loin de la côte. J'avais loué un cottage près d'une maison au sommet d'une colline ayant appartenu à cinq générations de pêcheurs. Les propriétaires, un couple sans enfant, étaient d'un laconisme exacerbé assez commun dans les environs. Je ne me suis pas fait d'amis là-bas, je me demandais d'ailleurs si les voisins de longue date eux-mêmes y étaient amis. Ce n'est que dans le café du coin, où tout le monde allait, qu'on voyait des signes d'amitié et de camaraderie. Mais la violence y sévissait aussi, si bien que je n'en approchais que rarement. Il s'en faudrait encore de quatre ans avant que je rencontre mon futur mari, et à l'époque, je n'attendais pas grand-chose de qui que ce soit.

J'avais largement de quoi m'occuper. J'empruntais chaque matin l'infernale route tortueuse et défoncée, traîtresse même sèche, pour gagner l'endroit qu'ils appelaient simplement Rock Bay, l'Anse aux Rochers. Lissées par le passage de millions d'années, des nappes de magma derrière les plages presque rocailleuses y étaient criblées de bâches, ces creux où il reste de l'eau de mer à marée basse. Le matin, je les photographiais, les mesurais, inventoriais la vie qu'on trouvait à l'intérieur, restant parfois même un peu à marée haute, pataugeant dans mes bottes en caoutchouc, trempée par les embruns des vagues qui s'écrasaient sur le rebord.

Des moules d'une espèce inconnue ailleurs vivaient dans ces bâches, en relation symbiotique avec un poisson appelé gartner, du nom de son découvreur. Plusieurs espèces d'escargots marins et d'anémones de mer traînaient aussi dans le coin, ainsi qu'un coriace petit calmar que j'ai surnommé Saint Pugnace, sans me soucier de son nom scientifique, parce que confronté à une menace, il se mettait à luire en blanc et son manteau ressemblait alors à une tiare pontificale.

Je pouvais facilement perdre la notion du temps, en observant la vie cachée des bâches, et je m'émerveillais parfois qu'un tel don m'ait été octroyé : non seulement de me perdre à ce point dans l'instant présent mais aussi de bénéficier d'une telle solitude, qui était jusqu'à présent tout ce que j'avais désiré durant mes études et mon travail.

Malgré tout, quand je rentrais en voiture, je pleurais la perte prochaine de ce bonheur. Car je savais qu'il prendrait fin un jour. Je n'avais qu'une bourse de recherche de deux ans, et qui se soucierait vraiment des moules plus longtemps que ça, et puis mes méthodes de recherche pouvaient en effet être excentriques. Voilà le genre de pensées que je ruminais tandis que la date limite approchait et que les chances de renouvellement semblaient s'amenuiser toujours davantage. Malgré moi, je me suis mise à fréquenter de plus en plus le café. Je me réveillais le matin, l'esprit pâteux, parfois à côté de quelqu'un que je connaissais mais qui était un étranger sur le départ, et je me rendais compte qu'il restait un jour de moins avant la fin de tout. J'étais en même temps soulagée, mais à un niveau plus faible que la tristesse, à l'idée, contraire à tout ce que je ressentais d'autre, que je ne pourrais donc pas devenir la personne que les gens du cru voyaient sur les rochers et continuaient de considérer comme une étrangère. *Oh, ce n'est que la vieille biologiste. Ça fait une éternité qu'elle perd la tête ici à étudier ces moules. Elle parle toute seule, elle marmonne on ne sait trop quoi au bar, et si on lui dit un mot gentil...*

Quand j'ai vu ces centaines de journaux, j'ai eu un bon moment l'impression d'être devenue malgré tout cette vieille biologiste. C'est ainsi que la folie du monde essaie de vous coloniser : de l'extérieur, en vous forçant à vivre dans sa réalité.

La réalité gagne aussi du terrain d'autres manières. À un moment donné, mon mari a commencé à m'appeler l'Oiseau Fantôme, ce qui était sa manière de me taquiner parce que je n'étais pas assez présente dans sa vie. Il le disait avec au coin des lèvres une espèce de pli qui ressemblait à un petit sourire, mais je lisais le reproche dans son regard. Si nous allions dans un bar boire un verre avec ses amis, ce qui était une de ses activités favorites, je n'en disais spontanément pas davantage qu'un prisonnier interrogé. Ce n'était pas *mes* amis, pas vraiment, mais je n'avais pas non plus l'habitude de me lancer dans des conversations frivoles ou sérieuses. La politique ne m'intéressait que par ses conséquences sur l'environnement. Je n'étais pas croyante. Tous mes passe-temps étaient étroitement liés à mon travail. Je vivais pour lui et la puissance de cette focalisation me ravissait, mais c'était aussi profondément personnel. Je n'aimais pas parler de mes recherches. Je ne me maquillais pas, me fichais des nouveaux modèles de chaussures ou de l'actualité musicale. Je suis sûre que les amis de mon mari me trouvaient taciturne, voire pire encore. Peut-être même fruste, ou « bizarrement inculte », comme j'ai entendu dire l'un d'eux, mais je ne sais pas s'il parlait de moi.

J'aimais aller dans les bars, mais pas pour les mêmes raisons que mon mari. J'aimais faire mijoter mes idées quand nous sortions jusque tard dans la soirée, retourner en esprit un problème, une donnée, mener une existence séparée tout en paraissant sociable. Mon mari s'inquiétait toutefois trop pour moi et mon besoin de solitude empiétait sur le plaisir qu'il prenait à discuter avec ses amis, dont la plupart travaillaient comme lui à l'hôpital. Je le voyais laisser une phrase en suspens pour me regarder, chercher sur moi le signe que je passais un bon moment, alors que je buvais mon whisky sec un peu à l'écart. « Oiseau Fantôme, demandait-il plus tard, tu t'es bien amusée? », et je répondais d'un sourire et d'un hochement de tête.

Mais pour moi, s'amuser consistait à s'éclipser pour aller examiner le contenu d'une bâche et comprendre les complexités de ses habitants. Pour moi, les moyens de subsistance étaient liés à l'écosystème et à l'habitat, l'orgasme la découverte soudaine de l'interconnectivité des êtres vivants. L'observation avait toujours été plus importante pour moi que l'interaction. Il savait tout ça, je crois. Mais je n'ai jamais pu m'exprimer aussi bien pour lui, même si j'ai essayé et qu'il a écouté. Je n'étais pourtant que pure expression, sous d'autres formes. Mon unique don ou talent, crois-je maintenant, était que les endroits pouvaient déteindre sur moi et que je n'avais aucun mal à en devenir une composante. Même un bar constituait une sorte d'écosystème, bien que grossier, et s'il ne pensait pas comme mon mari, un nouvel arrivant m'imaginait sans mal heureuse dans ma petite bulle de silence. Intégrée.

Ironie de l'histoire, tout en voulant que je sois assimilée, en un sens, mon mari cherchait quant à lui à se démarquer. Cette énorme pile de journaux m'a aussi fait penser à ça, m'a fait penser que cette caractéristique le rendait impropre à la onzième expédition. Qu'il y avait là des récits divers et variés de tant d'âmes et que celui de mon mari ne pouvait *pas s'en démarquer*. Qu'en fin de compte, il avait été réduit à un état assez proche du mien.

Ces journaux, fragiles pierres tombales, me confrontaient à nouveau à la mort de mon mari. Je craignais de trouver le sien, de connaître son véritable récit, non les vagues marmonnements monotones par lesquels, une fois de retour, il avait répondu aux questions de nos supérieurs.

« Oiseau Fantôme, tu m'aimes ? » a-t-il murmuré dans le noir à un moment avant son départ pour l'instruction pré-expédition, alors que c'était lui le fantôme. « Oiseau Fantôme, as-tu besoin de moi ? » Je l'aimais, mais je n'avais pas besoin de lui, ce que j'imaginais normal. Un oiseau fantôme pouvait être un faucon dans un endroit et un corbeau dans un autre, suivant le contexte. Le moineau qui jaillissait dans le ciel bleu un matin pouvait se transformer en vol en balbuzard le lendemain. Ainsi allaient les choses, à cet endroit. Aucune raison n'était assez puissante pour outrepasser le désir d'être en accord avec les marées, le passage des saisons et les rythmes sous-jacents à tout ce qui m'entourait.

Les journaux et le reste formaient une pile d'au moins trois mètres cinquante de haut et au plus cinq de large, avec, en bas, plusieurs endroits visiblement transformés en compost par la pourriture du papier. Des coléoptères et des poissons d'argent gardaient ces archives, tout comme de minuscules blattes noires qui ne cessaient d'agiter leurs antennes. Vers le pied de la pile, sortant des bords, j'ai vu au milieu de pages décomposées des restes de photographies et des dizaines de cassettes audio abîmées. Là encore, j'ai constaté que des rats étaient passés. Pour découvrir quoi que ce soit, j'allais devoir descendre dans ces déchets par l'échelle clouée au bord de la trappe, patauger dans une instable colline de pâte à papier en cours de décomposition. Concrétisant de manière indirecte quelques mots découverts sur le mur de la Tour : ... *les semences des morts pour les partager avec les vers qui se rassemblent dans les ténèbres et cernent le monde du pouvoir de leurs vies...*

J'ai renversé la table pour obstruer l'étroite sortie de la cage d'escalier. Je ne savais absolument pas où était passée la psychologue, mais je ne voulais pas me laisser surprendre ni par elle ni par qui que ce soit. Si quelqu'un essayait de déplacer la table par en dessous, je l'entendrais et aurais le temps de remonter pour l'accueillir avec mon pistolet. J'avais aussi de plus en plus la sensation, que je peux avec le recul attribuer à la luminosité croissante en moi, d'une *présence* en dessous, de plus en plus perceptible aux limites de mes sens. Un fourmillement me parcourait de temps à autre la peau, sans raison valable.

Cela ne me plaisait pas que la psychologue ait caché tout son matériel là-dessous avec les journaux, y compris, apparemment, la majorité voire la totalité de ses armes. Mais pour le moment, il fallait que je chasse de mon esprit cette énigme ainsi que les secousses encore perceptibles causées par la conviction que la majeure partie de l'instruction dispensée à notre équipe par le Rempart Sud était basée sur un mensonge. Alors que je descendais dans cet espace sombre, frais et protégé, j'ai senti avec davantage encore d'intensité la pression de la luminosité en moi. C'était plus difficile à ignorer, vu que je n'en connaissais pas la signification.

Ma torche et le jour qui entrait par la trappe ont révélé des murs en proie à des stries de moisissure, certaines formant de maussades bandes rouge et vert. D'en bas, on voyait mieux de quelle manière les déchets se répandaient en cascades et monticules de papier. Des pages déchirées, froissées, des couvertures de journaux déformées et humides. Lentement, l'histoire de l'exploration de la Zone X pouvait être considérée comme se transformant en Zone X.

J'ai commencé par choisir des journaux au hasard sur les bords. Au premier coup d'œil, la plupart décrivaient des événements très ordinaires, comme ceux de la première expédition... qui ne pouvait pas avoir été la première. Certains ne sortaient de l'ordinaire que par l'incohérence de leurs dates. Combien d'expéditions avaient-elles vraiment franchi la frontière? Combien d'informations au juste avaient-elles été falsifiées et supprimées, et pendant combien de temps? Est-ce que « douze » expéditions ne faisaient référence qu'à la dernière itération d'un effort de plus longue haleine, l'omission du reste étant nécessaire pour apaiser les doutes des volontaires démarchés?

On trouvait aussi ce que j'appellerais des récits pré-expédition, documentés sous diverses formes. C'était la sous-couche d'archives constituée de cassettes audio, de photographies rongées et de dossiers plus ou moins bien conservés remplis de papiers, que j'avais d'abord aperçue d'en haut, écrasée par le poids des journaux du dessus. Le tout imprégné d'une fade odeur humide qui en masquait une plus vive de décomposition, celle-ci ne se révélant qu'à certains endroits. Une déroutante pagaille de mots dactylographiés, imprimés et manuscrits s'est accumulée dans ma tête à côté de vagues images comme un fac-similé mental du tas de déchets lui-même. Un fouillis parfois presque paralysant, même sans prendre en compte les contradictions. J'ai pris conscience du poids de la photo dans ma poche.

J'ai établi des règles initiales, comme si ça pouvait servir à quoi que ce soit. Je me suis désintéressée des journaux qui semblaient en écriture abrégée et n'ai pas essayé de déchiffrer ceux qui m'avaient l'air en code. Il m'est arrivé aussi de commencer à en lire certains pour m'obliger ensuite à sauter des passages. Mais survoler n'était pas toujours mieux. Je suis tombée sur des pages décrivant des actes atroces que je ne peux toujours pas me résoudre à mettre en mots. Des entrées mentionnant des périodes de « rémission » ou de « suspension » suivies de « recrudescences » et de « manifestations horribles ». Peu importait depuis quand la Zone X existait et combien d'expéditions étaient venues là, ces récits montraient bien que des années avant l'apparition de la frontière, d'étranges choses s'étaient produites le long de ce bord de mer. Il y avait eu une proto-Zone X.

Certaines omissions me démangeaient tout autant l'esprit que des sous-entendus plus explicites. Un journal à moitié détruit par l'humidité portait uniquement sur les caractéristiques d'une espèce de chardon à fleur lavande qui poussait entre la forêt et le marécage. Page après page, il décrivait la découverte d'un premier spécimen de ce chardon, puis d'un deuxième, descriptions accompagnées de toute une foule de détails sur les insectes et autres occupants de ce microhabitat. À aucun moment l'observateur ne s'éloignait de plus de trois pas d'une de ces plantes ni ne prenait du recul pour dire quelques mots du camp de base ou de sa propre vie. Ces entrées ont fini par me mettre mal à l'aise quand j'ai commencé à percevoir une terrible présence y rôder à l'arrière-plan. J'ai vu le Rampeur ou équivalent approcher dans cet espace juste derrière le chardon et considéré la monomanie de l'auteur du journal comme un moyen d'affronter cette horreur. Une absence n'est pas une présence, mais chaque nouvelle description d'un chardon me faisait un peu plus froid dans le dos. Quand la dernière partie du cahier s'est désagrégée en encre délavée et pâte à papier humide, j'ai presque été soulagée de ne plus être confrontée à cette répétition perturbante qui avait un effet hypnotique, captivant. Si ce journal avait eu un nombre infini de pages, j'aurais, j'en ai peur, continué à le lire jusqu'à tomber morte de soif ou de faim.

Je me suis alors demandé si l'absence de mentions de la Tour concordait aussi avec cette théorie, cette écriture qui contournait les frontières des choses.

... dans l'eau noire avec le soleil brillant à minuit, ces fruits arriveront à maturité...

J'ai trouvé ensuite, après avoir survolé plusieurs passages banals ou incompréhensibles, un journal d'un type différent du mien. Il datait d'avant la première expédition, mais d'après l'apparition de la frontière, et parlait de la « construction du mur », manifestement au sujet de la fortification face à l'océan. Une page plus loin – entremêlés d'ésotériques relevés météorologiques –, trois mots m'ont bondi au visage : « repoussant l'assaut ». J'ai lu très attentivement les quelques entrées suivantes. Le rédacteur n'a rien dit de la nature de l'assaut ni de l'identité des assaillants, mais c'était venu de l'océan et avait « fait quatre morts dans nos rangs », même si le mur avait tenu. Plus tard, le désespoir ayant grandi, j'ai lu :

... la désolation vient à nouveau de l'océan, tout comme les étranges lumières et la vie marine qui, à marée haute, se jette sur notre mur. La nuit, désormais, leur avant-garde essaye de se glisser par les interstices de nos remparts. Nous tenons malgré tout, mais commençons à manquer de munitions. Certains veulent abandonner le phare, essayer de gagner soit l'île, soit l'intérieur des terres, mais le commandant dit avoir des ordres. Le moral est au plus bas. Ce qui nous arrive n'a pas toujours une explication rationnelle.

Le compte rendu s'interrompait peu après. Il dégageait une nette impression d'irréalité, comme la version romancée d'un véritable événement. J'ai essayé d'imaginer à quoi la Zone X avait pu ressembler si longtemps auparavant. Je n'y suis pas arrivée.

Le phare avait attiré les membres des expéditions comme les navires qu'il avait autrefois cherché à guider dans les détroits et entre les récifs. Je ne pouvais que souligner mon hypothèse précédente: pour la plupart d'entre eux, le phare était un symbole, une garantie de l'ordre ancien, et en saillant sur l'horizon, il donnait l'illusion d'un refuge solide. Mes découvertes au rez-de-chaussée prouvaient qu'il avait trahi cette confiance. Et certains avaient pourtant dû le savoir, qui étaient venus quand même. Par espoir. Par foi. Par bêtise.

Mais j'avais commencé à me rendre compte que si on voulait combattre la force venue habiter la Zone X, il fallait recourir à la guérilla. Il fallait se fondre dans le paysage, ou, comme l'auteur des descriptions de chardons, faire le plus longtemps possible comme si elle n'existait pas. Reconnaître sa présence, essayer de lui donner un nom revenaient peut-être à la laisser entrer. (Pour la même raison, j'imagine, j'ai continué de parler des changements en moi comme d'une « luminosité » parce que les examiner de trop près – les quantifier ou les traiter empiriquement alors que j'ai très peu de contrôle sur eux – les rendrait trop réels.)

À un moment, paniquée par le volume de ce qu'il restait devant moi, j'ai encore réduit mon champ d'études : je n'allais chercher que des phrases d'un ton identique ou comparable à celui des mots sur le mur de la Tour. J'ai commencé à m'attaquer plus directement au monceau de papiers, à m'en prendre aux parties du milieu, le rectangle de lumière au-dessus de ma tête m'assurant qu'il ne s'agissait pas là de la somme de mon existence. J'ai farfouillé comme les rats et les poissons d'argent, j'ai enfoncé mes bras dedans et en ai ressorti ce sur quoi mes mains se refermaient. Il m'est arrivé de perdre l'équilibre et de me retrouver enfouie sous les papiers, à me débattre contre eux, de la pourriture plein les narines au point que j'en sentais le goût sur ma langue. J'aurais paru déséquilibrée à quiconque me regardant d'en haut, ce dont j'avais conscience alors même que je me lançais dans cette activité futile et frénétique.

Mais j'ai trouvé ce que je cherchais dans davantage de journaux que je m'y attendais, et c'était en général cette première phrase *Là où gît le fruit étrangleur venu de la main du pêcheur je ferai apparaître les semences des morts pour les partager avec les vers...* Elle apparaissait souvent comme une note gribouillée dans la marge, ou d'une autre manière tout aussi déconnectée du texte. Je l'ai découverte une fois documentée comme une phrase sur le mur du phare lui-même, « que nous nous sommes dépêchés d'effacer » sans préciser pourquoi. À un autre moment, en pattes de mouche, j'ai trouvé une référence à un « texte dans un journal qui a l'air de sortir de l'Ancien Testament, mais ne vient d'aucun des psaumes dont je me souviens ». Comment cela pouvait-il ne pas se référer à l'écriture du Rampeur ? ... *pour les partager avec les vers qui se rassemblent dans les ténèbres et cernent le monde du pouvoir de leurs vies...* Mais rien de tout ça ne me rapprochait de la compréhension du *pourquoi* ou du *qui*. Nous étions tous dans l'obscurité, à tâtonner dans la pile de journaux, et si j'ai jamais senti le poids de mes prédécesseurs, c'est à cet endroit et à ce moment-là, perdue dans tout ça.

À un moment, je me suis aperçue que je perdais pied et ne pouvais continuer, même machinalement. Il y avait trop de données, fournies sous une forme trop anecdotique. Même en consacrant des années à l'examen de ces pages, je ne découvrirais sans doute jamais les bons secrets et resterais prisonnière d'une boucle de questionnements : depuis combien de temps cet endroit existait-il ? Qui avait laissé là ses journaux en premier, pourquoi d'autres en avaient-ils ensuite fait de même jusqu'à rendre ce comportement aussi inexorable qu'un rituel bien enraciné ? Sous l'influence de quelle impulsion, de quel fatalisme partagé ? Tout ce que je croyais vraiment savoir, c'était qu'il manquait les journaux de certaines expéditions et de certains membres d'expédition, que le dossier était incomplet.

Je me rendais aussi compte qu'il faudrait soit que je rentre au camp de base avant la nuit, soit que je reste dans le phare. La perspective de voyager dans l'obscurité ne m'enchantait guère, et si je ne rentrais pas, rien ne garantissait que la géomètre reste au lieu de repartir vers la frontière.

Je me suis décidée à faire une dernière tentative. J'ai escaladé le tas avec beaucoup de difficultés, en essayant à toutes forces de ne pas déplacer les journaux. Mes chaussures foulaient une espèce de monstre mouvant et bouillonnant qui avait tendance, comme le sable des dunes à l'extérieur, à opposer à mes pas une réaction égale et opposée. J'ai réussi malgré tout à atteindre le sommet.

Comme prévu, les journaux y étaient les plus récents et j'ai tout de suite trouvé ceux écrits par les membres de l'expédition de mon mari. Avec comme un à-coup dans le ventre, j'ai continué à fouiller en sachant que j'allais forcément tomber dessus, et les faits m'ont donné raison. Collé derrière un autre par du sang séché ou je ne sais quelle substance, j'ai eu moins de mal à le trouver que je pensais : le journal de mon mari, de cette même épaisse écriture assurée que sur les cartes d'anniversaire, petits mots sur le réfrigérateur et listes de courses. L'Oiseau Fantôme avait trouvé son fantôme, sur un tas inexplicable d'autres fantômes. Mais au lieu d'être impatiente de lire son récit, je me faisais l'impression de voler un journal intime que la mort de mon mari avait verrouillé. C'est idiot, je sais. Tout ce qu'il avait toujours voulu, c'était que je m'ouvre à lui, si bien qu'il avait toujours été prêt pour ça. Mais il faudrait maintenant que je le prenne comme je le trouvais, et sans doute à jamais, vérité que je trouvais intolérable.

Je ne pouvais me résoudre à lire ce journal pour le moment, mais j'ai résisté à l'envie de le rejeter sur la pile et l'ai mis avec les quelques autres que je prévoyais de rapporter au camp de base. J'ai aussi récupéré deux des pistolets de la psychologue avant de quitter cet horrible endroit. J'ai laissé ses autres affaires là pour le moment. Avoir une cache dans le phare pouvait servir.

Je ne m'attendais pas à ce qu'il soit si tard, quand je suis ressortie par la trappe : le ciel prenait cette teinte ambre foncé qui marquait le début de soirée. La mer était embrasée de lumière, mais aucune des beautés de cet endroit ne me trompait encore. Des vies humaines avaient afflué là au fil du temps, volontaires pour l'exil ou pire encore. Sous le tout, il y avait la présence épouvantable d'innombrables luttes désespérées. Pourquoi continuaient-ils de nous envoyer là ? Pourquoi continuions-nous d'y aller ? Tant de mensonges, si peu de capacités à affronter la vérité. La Zone X brisait les esprits, avais-je l'impression, même si elle n'avait pas encore brisé le lien. Une parole de chanson ne cessait de me revenir en tête : *All this useless knowledge*, toute cette connaissance inutile.

J'étais restée si longtemps en bas que j'avais envie d'air frais et de vent. J'ai lâché sur une chaise ce que j'avais remonté et ouvert la porte coulissante. Quand je suis sortie m'appuyer à la rambarde circulaire, le vent s'est agrippé à mes vêtements et m'a giflé le visage. Le froid soudain était purifiant, et la vue encore meilleure. Je voyais jusqu'à l'infini. Mais l'instinct ou la prémonition m'ont bientôt fait baisser les yeux pour regarder, derrière les restes du mur défensif, le morceau de plage qui, même de l'endroit où je me tenais, n'était pas masqué par la dune et le mur.

Un pied et un mollet sortaient de toute une zone de sable perturbé. J'ai braqué mes jumelles dessus. Pas le moindre mouvement. Une jambe de pantalon que je reconnaissais, une chaussure de randonnée que je reconnaissais, avec un double nœud aux lacets et les deux boucles de même longueur. Je me suis agrippée à la rambarde pour refouler mon vertige. Je savais à qui appartenait cette chaussure.

À la psychologue.

04 : Immersion

Tout ce que je savais de la psychologue provenait des observations que j'avais effectuées durant l'instruction. Elle avait fait office à la fois de vague superviseur et, dans un rôle plus personnel, de confesseur. Sauf que je n'avais rien à confesser. Peut-être ai-je davantage parlé sous hypnose, mais pendant nos séances normales, auxquelles j'avais consenti pour qu'on m'accepte dans l'expédition, je ne disais pas grand-chose spontanément.

« Parle-moi de tes parents. Ils ressemblent à quoi ? demandait-elle en une phase d'approche classique.

— Normal », répondais-je en essayant de sourire alors que les mots *distants, manquant d'esprit pratique, sans importance, lunatiques* et *inutiles* me venaient en tête.

« Ta mère est alcoolique, exact ? Et ton père une espèce de… d'escroc ? »

J'ai failli faire preuve de manque de maîtrise face à ce qui, pour moi, ressemblait davantage à une insulte qu'à un résumé. J'ai failli protester sur un ton de défi : « Ma mère est artiste-peintre et mon père homme d'affaires.

— À quand remontent tes premiers souvenirs ?

— Petit-déjeuner. » *Un chiot en peluche que j'ai toujours. Mettre une loupe devant l'entonnoir d'un fourmilion. Embrasser un garçon et le faire se déshabiller par bêtise. Tomber dans une fontaine et me cogner la tête, avec comme résultats cinq points de suture aux urgences et une peur tenace de me noyer. Nouveau passage aux urgences parce que maman avait trop bu, suivi d'une sobriété bienvenue de près d'un an.*

De toutes mes réponses, « petit-déjeuner » a été celle qui l'a le plus ennuyée. Je m'en suis aperçue aux commissures de ses lèvres qu'elle retenait, à la raideur de son attitude, à la froideur de son regard. Mais elle a gardé son self-control.

« Tu as eu une enfance heureuse ?

— Normale. » *Ma mère tellement partie qu'un jour elle a mis du jus d'orange dans mes céréales au lieu de lait. Mon père qui ne cessait de jacasser avec nervosité, si bien qu'il avait toujours l'air coupable de quelque chose. Des vacances dans des motels bon marché près de la plage et qui se finissaient toujours avec maman en larmes parce qu'on devait rentrer retrouver notre vie normale et fauchée, même si on n'en était jamais vraiment sortis. L'impression de désastre imminent dans la voiture.*

« Tu es proche de ta famille étendue ?

— Assez. » *Des cartes d'anniversaire pour enfant de cinq ans même quand j'en avais vingt. Une visite tous les deux ans. Un gentil grand-père aux longs ongles jaunes et à la voix d'ours. Une grand-mère qui vous serinait la valeur de la religion et de l'épargne. Comment s'appelaient-ils ?*

« Faire partie d'une équipe te gêne ?

— Pas du tout. J'ai souvent fait partie d'équipes. »
Sans y être vraiment intégrée.

« Beaucoup des missions sur le terrain auxquelles tu as participé se sont séparées de toi. Tu veux bien me dire pourquoi ? »

Elle savait pourquoi, si bien qu'une fois encore, j'ai haussé les épaules sans répondre.

« Est-ce seulement à cause de ton mari que tu es d'accord pour faire partie de cette expédition ? »

« À quel point étiez-vous proches, ton mari et toi ? »

« Vous vous disputiez souvent ? Quelles étaient les raisons de vos disputes ? »

« Pourquoi n'as-tu pas appelé les autorités dès son retour ? »

Ces séances frustraient de toute évidence la psychologue à un niveau professionnel, celui enraciné de sa formation basée sur la soustraction d'informations personnelles aux patients pour établir un lien de confiance permettant de s'attaquer ensuite à des problèmes plus profonds. Mais à un autre niveau qui m'a toujours un peu échappé, mes réponses semblaient lui plaire. « Tu es très indépendante », a-t-elle dit un jour, mais sans en faire un reproche. C'est seulement pendant notre deuxième journée de marche entre la frontière et le camp de base qu'il m'est apparu que les qualités sur lesquelles elle portait un jugement peut-être défavorable d'un point de vue psychiatrique pouvaient justement être celles qui faisaient de moi une bonne recrue pour l'expédition.

Elle était à présent appuyée de guingois à un tas de sable dans l'ombre du mur, une jambe tendue, l'autre coincée sous le corps. Elle était seule. Son état et la forme de l'impact m'indiquaient qu'elle avait sauté ou été poussée du sommet du phare. Elle n'avait sans doute pas complètement réussi à éviter le mur sur lequel elle s'était blessée pendant sa chute. Toutes ces heures pendant lesquelles j'avais examiné les journaux à ma manière méthodique, elle les avait passées là par terre. Mais je n'arrivais pas à comprendre pourquoi elle était encore en vie.

Malgré sa veste et sa chemise couvertes de sang, elle respirait, les yeux tournés vers le large, quand je me suis agenouillée près d'elle. Elle tenait un pistolet de la main gauche, bras tendu. Je le lui ai doucement enlevé, par sécurité, et je l'ai jeté un peu plus loin.

Elle n'a pas semblé s'apercevoir de ma présence. Mais dès que j'ai effleuré une de ses larges épaules, elle a hurlé avec un mouvement brusque de recul qui l'a fait tomber au moment où je reculais.

« Annihilation! m'a-t-elle hurlé en s'agitant de confusion. *Annihilation! Annihilation!* » Plus elle le répétait, moins le mot semblait avoir de sens, comme le cri d'un oiseau à l'aile brisée.

« Ce n'est que moi, la biologiste, ai-je dit d'une voix calme même si elle m'avait déstabilisée.

— Que *toi*, a-t-elle répondu avec un gloussement rauque comme si j'avais dit quelque chose de drôle. Que toi. »

Quand je l'ai redressée, j'ai entendu une espèce de crissement et me suis rendu compte qu'elle avait dû se casser la plupart des côtes. Son bras et son épaule gauche semblaient spongieux sous la veste. Un sang sombre suintait de son abdomen à l'endroit où elle plaquait instinctivement la main. À en croire l'odeur, elle s'était pissé dessus.

« T'es encore là, a-t-elle dit d'une voix surprise. Mais je t'ai tuée, non ? » La voix de quelqu'un qui sort d'un rêve ou sombre dedans.

« Pas le moins du monde. »

Un autre sifflement rauque, et le voile de confusion quittant son regard. « Tu as de l'eau ? J'ai soif.

— Tiens. » J'ai plaqué ma gourde sur ses lèvres pour la laisser avaler quelques gorgées. Des gouttes de sang ont lui sur son menton.

« Où est la géomètre ? a-t-elle demandé d'un souffle.

— Toujours au camp de base.

— Pas voulu venir ?

— Non. » Le vent soulevait ses boucles, révélant sur le front une entaille peut-être due au choc contre le mur au-dessus.

« Ta compagnie ne lui plaisait pas ? Ou c'est ce que t'es devenue ? »

J'ai été prise d'un frisson. « Je suis toujours la même. »

Son regard s'est de nouveau tourné vers le large. « Je t'ai vue, tu sais, arriver par le chemin du phare. C'est ce qui m'a rendue certaine que tu avais changé.

— Tu as vu quoi ? » ai-je demandé pour entrer dans son jeu.

Une toux, accompagnée d'une expectoration rouge. « Tu étais une *flamme* », a-t-elle répondu et j'ai vu un instant ma luminosité mise en évidence. « T'étais une flamme qui me brûlait les yeux. Une flamme qui avançait sur les salants et traversait le village en ruine. Une flamme qui se consumait lentement, un feu follet sur les marais et les dunes, qui flottait encore et encore, qui ne ressemblait à rien d'humain mais à quelque chose de libre en train de flotter... »

À son changement de ton, j'ai compris que même dans cette situation, elle essayait de m'hypnotiser.

« Ça ne marchera pas, ai-je prévenu. Je suis immunisée contre l'hypnose, maintenant. »

Sa bouche s'est ouverte, refermée et rouverte. « Oui, bien sûr. Tu as toujours été difficile », a-t-elle dit comme si elle s'adressait à une enfant. N'y avait-il pas une étrange fierté dans sa voix ?

Peut-être aurais-je dû laisser la psychologue tranquille, la laisser mourir sans fournir aucune réponse, mais je n'ai pas réussi à trouver ce genre de bienveillance en moi.

Une pensée m'est venue... si j'avais eu l'air aussi inhumaine, « Pourquoi tu ne m'as pas descendue quand j'arrivais ? »

Un regard involontairement mauvais quand elle a tourné la tête pour me dévisager, incapable de contrôler la totalité de ses muscles faciaux. « Mon bras, ma main ne m'ont pas laissée presser la gâchette. »

Réponse qui m'a semblé relever du délire, d'autant plus que je n'avais vu aucun fusil à côté de la lanterne. J'ai fait une nouvelle tentative. « Et tu es tombée comment ? On t'a poussée, c'était un accident, tu as fait exprès ? »

Elle s'est renfrognée, perplexité sincère exprimée par le réseau de rides au coin des yeux, comme si la mémoire ne lui revenait que par bribes. « Je pensais... je pensais que quelque chose me poursuivait. J'ai essayé de te tirer dessus, je n'y suis pas arrivée et après, tu étais à l'intérieur. Ensuite, j'ai cru voir quelque chose derrière moi, en train de monter les escaliers, j'ai paniqué et voulu lui échapper. Du coup, j'ai sauté par-dessus la rambarde. J'ai sauté. » Comme si elle n'arrivait pas à y croire.

« Cette chose qui te poursuivait ressemblait à quoi ? »

Une crise de toux a entrecoupé sa réponse. « Je ne l'ai jamais vue. Elle n'a jamais été là. Ou bien je l'ai vue trop souvent. Elle était en moi. En toi. J'essayais de m'échapper. D'échapper à ce qui est en moi. »

Sur le moment, je n'ai pas cru un mot de cette explication fragmentée qui semblait laisser entendre que quelque chose l'avait suivie depuis la Tour. J'ai interprété cet accès de dissociation comme faisant partie de son besoin de contrôle. Ayant perdu celui de l'expédition, elle avait besoin de rejeter la responsabilité de son échec sur quelqu'un ou quelque chose, aussi improbable soit-il.

J'ai essayé d'une autre manière. « Pourquoi tu as emmené l'anthropologue dans le "tunnel" en pleine nuit ? Il s'y est passé quoi ? »

Elle a hésité, mais je ne savais pas si c'était par prudence ou parce que quelque chose se brisait dans son corps. Puis elle a répondu : « Erreur de calcul. Impatience. J'avais besoin d'informations avant qu'on risque la mission tout entière. J'avais besoin de savoir où nous en étions.

— En ce qui concerne la progression du Rampeur, tu veux dire ? »

Elle a eu un sourire malicieux. « Le Rampeur ? C'est comme ça que tu l'appelles ?

— Qu'est-ce qui s'est passé ?

— À ton avis ? Tout est allé de travers. L'anthropologue s'est approchée trop près. » Traduction : la psychologue l'avait forcée à trop s'approcher. « La chose a *réagi*. Elle a tué l'anthropologue. Elle l'a tuée et m'a blessée.

— C'est pour ça que t'avais l'air si secouée le lendemain matin.

— Oui. Et parce que je voyais bien que tu changeais déjà.

— Je ne change pas ! » Je l'ai crié en sentant une fureur inattendue monter en moi.

Un gloussement humide, un ton moqueur. « Bien sûr que non. Tu deviens juste davantage ce que tu as toujours été. Et je ne change pas non plus. Aucune de nous ne change. Tout va bien. Faisons la fête.

— La ferme ! Pourquoi tu nous as abandonnées ?

— L'expédition a été compromise.

— Ce n'est pas une explication.

— Et *toi*, tu m'as déjà donné la moindre véritable explication, pendant l'instruction ?

— On n'a pas été compromises, pas assez pour abandonner la mission.

— Six jours après notre arrivée au camp de base, une personne morte, deux déjà en train de *changer*, la quatrième qui flanche ? J'appelle ça une catastrophe, moi.

— Si c'en était une, tu y as contribué. » Je me suis rendu compte que malgré toute la méfiance qu'elle m'inspirait à titre personnel, j'en étais venue à compter sur elle pour diriger l'expédition. D'une certaine façon, j'étais furieuse qu'elle nous ait trahies, furieuse qu'elle soit peut-être en train de me quitter. « Tu as paniqué et renoncé, voilà tout. »

Elle a hoché la tête. « Oui, aussi. C'est vrai. C'est vrai. J'aurais dû m'apercevoir plus vite que tu avais changé. J'aurais dû te renvoyer à la frontière. Je n'aurais pas dû descendre avec l'anthropologue. Mais c'est comme ça. » Elle a grimacé, toussé quelque chose d'épais et d'humide.

J'ai ignoré la pique et changé la teneur de mes questions. « À quoi ressemble la frontière ? »

Encore ce sourire. « Je te le dirai quand j'y serai.

— Qu'est-ce qui se passe vraiment quand on la traverse ?

— Sans doute pas ce à quoi tu t'attends.

— Dis-moi ! Qu'est-ce qu'on traverse ? » Je me sentais un peu perdue. De nouveau.

Il brillait à présent dans son regard une lueur qui ne me disait rien qui vaille, qui promettait des dégâts. « Je veux que tu penses à un truc. Tu es peut-être immunisée contre l'hypnose – peut-être –, mais qu'en est-il du voile déjà en place ? Et si je te l'enlevais pour te laisser accéder à tes propres souvenirs de la traversée de la frontière ? Ça te plairait, Petite Flamme ? Ou peut-être que ça te rendrait folle ?

— Si tu essayes de me faire quoi que ce soit, je te tue. » Je le pensais vraiment. J'avais eu du mal à accepter l'idée de l'hypnose en général, tout comme celle du conditionnement derrière, elles me paraissaient un prix invasif à payer pour accéder à la Zone X. Qu'on puisse y recourir de nouveau m'était intolérable.

« Combien de tes souvenirs sont implantés, à ton avis ? m'a demandé la psychologue. Combien de tes souvenirs du monde de derrière la frontière sont vérifiables ?

— Ça ne marchera pas sur moi. Je suis certaine du présent, de l'instant présent et du suivant. Je suis certaine de mon passé. » C'était le donjon de l'Oiseau Fantôme, un donjon inviolé. Peut-être l'hypnose avait-elle ouvert une brèche dedans pendant l'instruction, mais il avait tenu bon. J'en étais sûre et continuerais d'en être sûre : je n'avais pas le choix.

« Je ne doute pas que ton mari avait la même impression, avant la fin », a dit la psychologue.

Je me suis accroupie pour la dévisager. Je voulais partir avant qu'elle m'empoisonne, mais je n'y arrivais pas.

« Restons sur tes propres hallucinations, ai-je dit. Décris-moi le Rampeur.

— Il y a des choses qu'on doit voir de ses propres yeux. Tu pourrais t'approcher davantage. Tu pourrais lui être plus familière. » Son absence de considération pour le destin de l'anthropologue était abominable, mais le mien aussi.

« Qu'est-ce que tu nous as caché sur la Zone X ?

— La question est trop vaste. » Je crois que ça l'amusait, même mourante, que j'aie si désespérément besoin de réponses de sa part.

« D'accord : qu'est-ce que les boîtiers noirs mesurent ?

— Rien. Ils ne mesurent rien. C'est juste une astuce psychologique pour que l'expédition garde son calme : pas de lumière rouge, pas de danger.

— Quel est le secret de la Tour ?

— Du tunnel ? Si on le savait, tu crois qu'on continuerait d'envoyer des expéditions ?

— Ils ont peur. Ceux du Rempart Sud.

— J'en ai l'impression.

— C'est donc qu'ils n'ont pas de réponses.

— Je vais te donner une petite info : la frontière avance. Lentement pour l'instant, un peu plus tous les ans. De manières qui t'étonneraient. Mais peut-être que bientôt, elle grignotera deux ou trois kilomètres à la fois. »

Ça m'a fait taire un bon moment. Trop près du centre d'un mystère, on n'arrive pas à prendre du recul pour en voir la forme globale. Les boîtiers noirs ne faisaient peut-être rien, mais dans mon esprit, tous clignotaient en rouge.

« Combien d'expéditions y a-t-il eu ?

— Ah, les journaux. Il y en a un paquet, hein ?

— Ça ne répond pas à ma question.

— Peut-être que je ne connais pas la réponse. Peut-être que je ne veux pas te la dire. »

Ça allait continuer de cette manière jusqu'au bout et je n'y pouvais rien.

« Qu'est-ce que la "première" expédition a vraiment trouvé ? »

La psychologue a fait une grimace, pas de douleur, cette fois, plutôt comme s'il lui revenait un souvenir honteux. « Il y a une espèce de… vidéo de cette expédition. La principale raison pour laquelle aucune technologie de pointe n'a été autorisée ensuite. »

Une vidéo. Bizarrement, après avoir fouillé dans le monceau de journaux, cette information ne m'a pas surprise. J'ai continué.

« Quels sont les ordres que tu nous as cachés ?

— Tu commences à m'ennuyer. Et je faiblis un peu… On vous en dit parfois davantage, parfois moins. Ils ont leurs métriques et leurs raisons. » Son « ils » semblait manquer de consistance, comme si elle ne croyait pas vraiment à « eux ».

Je suis retournée à contrecœur aux questions personnelles. « Qu'est-ce que tu sais sur mon mari ?

— Rien de plus que tu n'en sauras en lisant son journal. Tu l'as déjà trouvé ?

— Non, ai-je menti.

— Très révélateur… surtout sur toi. »

Bluffait-elle ? Elle avait largement eu le temps dans le phare de le trouver, le lire et le relancer sur la pile.

Aucune importance. Le ciel s'assombrissait et gagnait du terrain, les vagues se creusaient, les déferlantes éparpillaient les oiseaux du rivage, qui s'écartaient précipitamment sur leurs pattes-échasses pour se regrouper ensuite. Le sable paraissait soudain plus poreux autour de nous. Les traces méandreuses des crabes et des vers continuaient d'en marquer la surface. Toute une communauté vivait là, vaquant à ses occupations sans se soucier de notre conversation. Et où se situait la frontière, côté mer? Quand j'avais posé la question à la psychologue, pendant l'instruction, elle s'était contentée de répondre que personne ne l'avait jamais franchie et j'avais imaginé des expéditions qui s'évaporaient tout simplement dans la brume et la lumière au loin.

Une espèce de crépitement s'était introduit dans sa respiration, devenue superficielle et irrégulière.

« Je peux faire quelque chose pour toi? me suis-je adoucie.

— Abandonne-moi ici quand je serai morte. » Elle laissait à présent voir toute sa peur. « Ne m'enterre pas. Ne m'emmène nulle part. Abandonne-moi ici, c'est ma place.

— Il y a autre chose que tu veux me dire?

— On n'aurait jamais dû venir. Je n'aurais jamais dû venir. » L'âpreté de son ton laissait penser à une angoisse personnelle qui dépassait sa condition physique.

« Rien d'autre?

— J'en suis venue à croire que c'était la vérité fondamentale. »

J'ai compris qu'elle voulait dire qu'il valait mieux laisser la frontière avancer, l'ignorer, la laisser affecter une autre génération, plus lointaine. Je n'étais pas d'accord, mais je n'ai rien dit. Plus tard, j'en viendrais à penser qu'elle voulait dire tout autre chose.

« Quelqu'un est-il déjà vraiment revenu de la Zone X ?

— Pas depuis longtemps, a-t-elle répondu en un murmure fatigué. Pas vraiment. » Mais je ne sais pas si elle avait entendu la question.

Sa tête a basculé vers l'avant et elle a perdu connaissance, puis est revenue à elle et a contemplé les vagues. Elle a marmonné quelques mots, dont peut-être *reculer* ou *à distance* pour l'un et quelque chose comme *éclosion* ou *observation* pour un autre[1]. Mais je ne pouvais pas en être sûre.

Le crépuscule ne tarderait pas. J'ai donné davantage d'eau à la psychologue. Plus elle approchait de la mort, plus j'avais du mal à la considérer comme une adversaire, même si elle en savait manifestement bien davantage qu'elle ne m'en avait dit. Je ne me suis malgré tout pas appesantie là-dessus, vu qu'elle n'allait rien révéler d'autre. Et peut-être avais-je bel et bien eu l'air d'une flamme pour elle, à mon arrivée. Peut-être était-ce la seule manière dont elle pouvait à présent penser à moi.

« Tu étais au courant, pour la pile de journaux ? ai-je demandé. Avant qu'on vienne ? »

Mais elle n'a pas répondu.

J'avais des choses à faire une fois la psychologue morte, même si le jour commençait à manquer et si je n'aimais pas les faire. Comme elle n'avait pas

---

1. *Demote* / *remote* et *hatching* / *watching* dans le texte. (NdT)

voulu répondre à mes questions de son vivant, elle allait devoir maintenant répondre à certaines d'entre elles. Je lui ai ôté sa veste que j'ai posée près d'elle, découvrant ainsi qu'elle avait caché son propre journal, plié dans une poche intérieure zippée. Je l'ai posé à côté aussi, sous une pierre, les pages s'agitant dans les bourrasques.

J'ai très soigneusement découpé la manche gauche de sa chemise avec mon canif. Je ne m'étais pas inquiétée de la spongiosité de son épaule pour rien : une espèce de duvet fibreux vert doré vaguement lumineux avait colonisé son bras du coude à la clavicule. À voir les échancrures et le long sillon sur le triceps, il semblait s'être propagé depuis une plaie bien précise… la blessure que la psychologue disait infligée par le Rampeur. Quelle que soit la source de ma contamination, ce contact différent, plus direct, s'était propagé plus vite et avec des conséquences plus funestes. Certains parasites et corps fruitiers pouvaient rendre paranoïaque *et* schizophrénique, provoquer des hallucinations ultra-réalistes et favoriser par conséquent un comportement délirant. Je ne doutais plus qu'elle m'avait vue comme une flamme quand j'arrivais au phare, qu'elle avait imputé son incapacité à me tirer dessus à une force extérieure, qu'elle avait été assaillie par la peur d'une présence en approche. À lui seul, imaginais-je, le souvenir de sa rencontre avec le Rampeur devait l'avoir quelque peu déséquilibrée.

J'ai découpé un échantillon de peau sur le bras, en prenant un peu de chair en dessous, et l'ai inséré dans un flacon de prélèvement. J'ai effectué la même opération sur l'autre bras. J'examinerais le tout une fois de retour au camp.

Comme je tremblais un peu, j'ai fait une pause et me suis intéressée au journal. Il ne contenait qu'une retranscription des mots sur le mur de la Tour, incluant beaucoup de nouveaux passages :

> ... *mais que la pourriture se fasse sous terre, à la surface dans des champs verts, en mer ou dans l'air lui-même, tout viendra à révélation, et à délectation, dans la connaissance du fruit étrangleur et la main du pêcheur se réjouira, car il n'y a ni dans l'ombre ni dans la lumière péché que les semences des morts ne puissent pardonner...*

Quelques annotations étaient griffonnées en marge. En voyant l'une, « gardien du phare », je me suis demandé si c'était la psychologue qui l'avait entouré sur la photographie. Une autre disait « nord ? » et une troisième « île ». Je n'avais aucune idée de leur signification... ni de ce qu'avoir consacré son journal à ce texte permettait de conclure sur l'état d'esprit de la psychologue. Mon seul sentiment a été un soulagement simple et naïf en me rendant compte que quelqu'un avait effectué à ma place une tâche difficile et laborieuse. Je me demandais seulement si ce texte provenait des murs de la Tour, des journaux dans le phare ou d'un tout autre endroit. Je n'en sais toujours rien.

J'ai ensuite fouillé le corps de la psychologue en prenant soin d'éviter tout contact avec son épaule et son bras. J'ai palpé sa chemise et son pantalon à la recherche d'objets cachés. J'ai trouvé un minuscule pistolet sanglé à son mollet gauche et, pliée dans sa chaussure droite, une petite enveloppe avec une lettre à l'intérieur. La psychologue avait écrit un nom dessus ; du moins, on aurait dit son écriture. Le nom commençait par un S. Était-ce celui de son enfant ? D'un ami ? D'un amant ? Comme je n'avais ni vu ni entendu un nom depuis des mois, il m'a beaucoup perturbée. Il ne semblait pas normal, comme s'il n'avait pas sa place dans la Zone X. Un nom y était un luxe dangereux. Les sacrifices n'avaient pas besoin de nom. Les gens qui remplissaient une fonction n'avaient pas besoin d'être nommés. À tous égards, le nom était pour moi une confusion supplémentaire et inopportune, un espace sombre qui ne cessait de grandir dans mon esprit.

J'ai jeté le pistolet à l'écart sur le sable, fait suivre le même chemin à l'enveloppe roulée en boule. Je pensais à la découverte du journal de mon mari, découverte qui, d'une certaine manière, était pire que son absence. Et quelque part, j'en voulais encore à la psychologue.

J'ai fini par ses poches de pantalon. J'ai trouvé de la monnaie, une pierre de relaxation lisse et un morceau de papier. Sur lequel figurait une liste de suggestions hypnotiques dont « provoque la paralysie », « provoque l'acceptation » et « contraint à l'obéissance », chacune avec son mot ou sa phrase d'activation. Pour les avoir mis par écrit, elle avait dû avoir une peur bleue d'oublier les mots lui permettant de nous contrôler. Son aide-mémoire incluait d'autres pense-bêtes, comme : « la géomètre a besoin de renforcement » et « l'anthropologue a l'esprit poreux ». Sur moi, elle n'avait écrit que cette phrase énigmatique : « le silence crée sa propre violence. » Quelle perspicacité.

Le mot « Annihilation » était suivi de « aide à provoquer le suicide immédiat ».

Chacune de nous avait été dotée d'un bouton d'autodestruction, mais la seule capable de le presser était morte.

Une partie de l'existence de mon mari avait été déterminée par des cauchemars d'enfance, expériences débilitantes qui l'avaient envoyé chez le psychiatre. Ils incluaient une maison, un sous-sol et les crimes affreux qui y avaient été commis. Mais le psychiatre avait exclu la possibilité d'un souvenir refoulé et mon mari avait fini par ne plus avoir d'autre choix que de tenir un journal de ses rêves pour tenter d'en extraire le poison. Puis, quelques mois avant qu'il s'engage dans la Marine, mon futur mari encore étudiant est allé à un festival de films classiques… où il a vu ses cauchemars prendre vie sur le grand écran. C'est alors seulement qu'il a compris qu'il avait dû voir à l'âge de deux ou trois ans un film d'horreur sur une télévision restée allumée. Cette écharde dans son esprit, cette écharde qu'il n'avait jamais réussi à ôter complètement, s'est alors volatilisée. D'après lui, c'est à ce moment-là qu'il s'est su libre, qu'il a laissé derrière lui les ombres de son enfance… car tout avait été illusion, faux, falsification, griffonnage sur son esprit l'ayant induit à emprunter une autre direction que celle qu'il avait eu l'intention de prendre.

« Ça fait un moment qu'une espèce de rêve me vient, m'a-t-il avoué le soir où il m'a annoncé avoir accepté de faire partie de la onzième expédition. Un nouveau, pas vraiment un cauchemar, cette fois. »

Dans ces rêves, il flottait comme un busard au-dessus d'une nature immaculée avec un sentiment de liberté

« indescriptible. Comme si on inversait le contenu de tous mes cauchemars. » Au fur et à mesure que les rêves avançaient et se répétaient, leur intensité et leur point de vue changeaient. Certaines nuits, il nageait dans les chenaux des marais. D'autres, il se transformait en arbre ou en goutte d'eau. Tout ce dont il faisait ainsi l'expérience le revigorait. Et lui donnait envie d'aller dans la Zone X.

Même s'il ne pouvait pas en dire grand-chose, il a reconnu avoir déjà eu plusieurs entretiens avec les personnes chargées de recruter les participants aux expéditions. Leur avoir parlé pendant des heures, savoir qu'il prenait la bonne décision. C'était un honneur. Ils ne prenaient pas n'importe qui… certains étaient refusés, d'autres perdaient le fil en chemin. Mais d'autres encore, lui ai-je fait remarquer, avaient dû se demander ce qu'ils avaient fait, une fois qu'il était trop tard. Tout ce que je comprenais à l'époque de ce qu'il appelait la Zone X, je le tenais de la vague histoire officielle sur une catastrophe environnementale, de rumeurs et de murmures en coin. Le danger ? Je ne suis pas sûre d'y avoir autant pensé qu'au fait que mon mari venait de me dire qu'il voulait me quitter et qu'il avait attendu des semaines pour m'en parler. Je n'étais pas encore au courant, pour l'hypnose et le reconditionnement, si bien qu'il ne m'est pas venu à l'idée qu'on avait pu le *rendre influençable* pendant ses entretiens.

J'ai réagi par un silence total alors qu'il cherchait sur mon visage ce qu'il espérait y trouver. Il est allé s'asseoir sur le canapé pendant que je me servais un très grand verre de vin. J'ai ensuite pris une chaise en face de lui. Nous sommes restés longtemps ainsi.

Un peu plus tard, il s'est remis à parler… de ce qu'il savait sur la Zone X, de son emploi dans lequel il ne s'épanouissait pas, de son besoin de quelque chose de plus stimulant. Mais je n'écoutais pas vraiment. Je pensais à mon travail ordinaire. Je pensais à la nature sauvage. Je me demandais pourquoi je n'avais pas fait quelque chose du genre de ce qu'il faisait à présent : rêver d'un autre endroit et de la manière d'y aller. Sur le moment, je n'ai pas vraiment pu lui faire de reproches. Ne m'arrivait-il pas moi-même de partir sur le terrain pour mon boulot ? Je ne m'absentais peut-être pas plusieurs mois, mais le principe était le même.

Les disputes ont eu lieu plus tard, quand la chose est devenue réelle pour moi. Mais sans jamais le supplier. Je ne l'ai jamais supplié de rester. Je ne pouvais pas. Peut-être pensait-il même que partir sauverait notre mariage, nous rapprocherait d'une manière ou d'une autre. Je ne sais pas. Je n'en ai pas la moindre idée. Il y a des choses pour lesquelles je ne serai jamais douée.

Mais là, près du corps de la psychologue tourné vers l'océan, j'ai su que le journal de mon mari m'attendait, que je découvrirai bientôt quel genre de cauchemar il avait rencontré ici. J'ai su aussi que je lui en voulais toujours énormément de sa décision… même si, quelque part au fond de moi, j'avais commencé à croire que je n'avais aucune envie d'être ailleurs que dans la Zone X.

J'avais trop traîné et j'allais devoir rentrer de nuit au camp de base. En marchant d'un bon pas, j'y arriverais peut-être avant minuit. Revenir à une heure inattendue n'avait pas que des inconvénients, vu les circonstances dans lesquelles j'avais quitté la géomètre. Et quelque chose me disait qu'il valait mieux éviter de rester au phare jusqu'au lendemain matin. Peut-être était-ce seulement l'étrangeté de la blessure de la psychologue qui me mettait mal à l'aise ou peut-être continuais-je à avoir l'impression qu'une présence habitait cet endroit, toujours est-il qu'après avoir ramassé mon sac à dos rempli de provisions et le journal de mon mari, je suis partie en laissant derrière moi la silhouette de plus en plus solennelle de ce qui n'était plus vraiment un phare, mais plutôt une espèce de reliquaire. Quand j'ai regardé en arrière, j'ai vu jaillir entre les courbes des dunes une mince fontaine de lumière verte, ce qui a renforcé ma résolution de mettre des kilomètres entre nous. C'était la blessure de la psychologue, là-bas sur la plage, qui brillait davantage qu'avant. L'idée qu'une forme de vie accélérée puisse être en train de flamber ne résistait pas à un examen minutieux. Une autre phrase que j'avais vue recopiée dans le journal de la psychologue m'est revenue en mémoire : *Il y aura un feu qui connaît ton nom, et en présence du fruit étrangleur, sa flamme sombre s'emparera de chaque partie de toi.*

Le phare n'a pas mis une heure à disparaître dans la nuit, et avec lui le fanal qu'était devenue la psychologue. Le vent a forci, les ténèbres se sont épaissies. Le bruit toujours plus lointain des vagues donnait le sentiment d'une conversation sinistre à voix basse. J'ai traversé le plus discrètement possible le village en ruine à la lueur d'un tout petit croissant de lune, peu disposée à prendre le risque d'allumer ma torche. Autour des formes visibles dans les pièces ouvertes s'était concentrée une obscurité qui résistait à la nuit et leur immobilité absolue donnait une exaspérante impression de mouvement à venir. Je n'ai heureusement pas tardé à ressortir du village et à retrouver la partie du sentier où les roseaux enserraient à la fois le canal côté océan et les petits lacs à gauche. J'arriverais bientôt à l'eau noire et aux cyprès, avant-garde à la solide utilité des pins.

Le gémissement a commencé quelques minutes plus tard. Je l'ai cru un instant dans ma tête. Puis je me suis arrêtée net pour tendre l'oreille. La chose que nous avions entendue tous les soirs au crépuscule venait de recommencer… dans mon empressement à quitter le phare, j'avais oublié qu'elle vivait dans les roseaux. D'aussi près, le bruit était plus guttural, empli de fureur et d'une angoisse confuse. Il semblait si complètement humain et inhumain que pour la deuxième fois depuis mon arrivée dans la Zone X, j'ai envisagé un phénomène surnaturel. Le bruit venait de quelque part devant moi, côté terre, dans les épais roseaux qui empêchaient l'eau d'atteindre le sentier. Il était peu probable que je parvienne à passer sans que la créature m'entende. Et que se passerait-il dans ce cas ?

J'ai fini par décider de continuer. J'ai sorti la plus petite de mes deux torches et me suis accroupie en la braquant de manière à rendre son faisceau difficilement visible au-dessus des roseaux. J'ai progressé de cette manière étrange, le pistolet dans mon autre main, attentive à la direction du bruit. J'ai bientôt pu entendre la chose de plus près, mais toujours à bonne distance, se frayant un chemin dans les roseaux sans interrompre son horrible gémissement.

Quelques minutes ont passé, pendant lesquelles j'ai bien avancé. Puis, soudain, quelque chose a légèrement heurté ma chaussure, s'est renversé. J'ai braqué ma torche vers le sol… et bondi en arrière, le souffle coupé. Aussi incroyable que ça paraisse, un visage humain semblait sortir de terre. Quelques instants plus tard, comme rien ne bougeait, j'ai de nouveau éclairé l'endroit et vu qu'il s'agissait d'une espèce de masque de peau brun clair à moitié transparent, semblable d'une certaine manière à une coquille vide de limule. Un large visage très légèrement grêlé sur la joue gauche. Les yeux étaient vides, aveugles, fixes. Il m'a semblé que je devrais reconnaître ces traits, que c'était très important, mais ainsi désincarnés, je n'y suis pas arrivée.

Je ne sais comment, cette vision m'a redonné un peu du calme dont m'avait privée ma conversation avec la psychologue. Étrange ou non, un exosquelette abandonné, même s'il ressemblait en partie à un visage humain, représentait un mystère d'une espèce solvable. Un mystère qui, du moins pour l'instant, repoussait l'image dérangeante d'une frontière ne cessant d'avancer et des innombrables mensonges du Rempart Sud.

En pliant les genoux, la torche braquée devant moi, j'ai vu davantage de restes d'une sorte de mue : une longue traînée de ce qui ressemblait à des morceaux de peau, à une dépouille. Manifestement, je rencontrerais peut-être bientôt ce qui s'en était débarrassé, et tout aussi manifestement, la créature qui gémissait était ou avait été humaine.

Je me suis souvenue du village désert, des yeux étranges des dauphins. Il y avait là une question à laquelle je pourrais finir par apporter une réponse bien trop personnelle. Mais il était bien plus important à ce moment-là de savoir si la mue avait rendu la chose plus lente ou plus vive. Ça dépendait des espèces et je n'étais pas experte de celle-là. Et les forces me manquaient pour une nouvelle rencontre, même s'il était trop tard pour battre en retraite.

Avançant toujours, j'ai atteint un endroit sur la gauche où les roseaux avaient été aplatis, traçant un nouveau chemin de près d'un mètre de large. Les mues, si c'en était, continuaient par là. En l'éclairant, j'ai vu qu'il tournait brusquement à droite moins de trente mètres plus loin. La créature était donc déjà devant moi, au milieu des roseaux, et rien ne l'empêchait de revenir en arc de cercle pour ressortir me bloquer le passage vers le camp de base.

Les frottements avaient augmenté au point d'être presque aussi sonores que le gémissement. Une odeur prononcée de musc flottait dans l'air.

N'ayant toujours aucune envie de retourner au phare, j'ai pressé le pas. L'obscurité était à présent si totale que je ne voyais qu'à un mètre ou deux devant moi, le faisceau de ma torche ne révélant presque rien. J'avais l'impression d'un tunnel. Le gémissement s'est fait encore plus fort, mais je ne suis pas arrivée à déterminer dans quelle direction. L'odeur est devenue une puanteur très particulière. Le sol a commencé à céder un peu sous mon poids, signe que l'eau ne devait pas être loin.

Le gémissement a recommencé alors, plus proche que jamais, mais s'y mêlait à présent un grand bruit de battage. Je me suis arrêtée et, sur la pointe des pieds, j'ai braqué ma torche à temps à gauche au-dessus des roseaux pour voir une grande vague de mouvement en train de foncer à angle droit vers le chemin. Une perturbation des roseaux, des coups rapides qui les faisaient tomber comme sous l'effet d'une batteuse. La chose essayait de me déborder et la luminosité en moi a augmenté pour recouvrir ma panique.

J'ai hésité, juste un instant. Après avoir entendu chaque jour la créature, une partie de moi voulait la voir. Était-ce ce qu'il me restait de scientifique qui essayait de se ressaisir, de faire preuve de logique quand seule la survie comptait?

C'était une toute petite partie, dans ce cas.

Je me suis mise à courir. J'ai été surprise d'atteindre une telle vitesse : je n'avais jamais été obligée de courir à toutes jambes. J'ai foncé dans le tunnel d'obscurité bordé de roseaux, en me fichant qu'ils me giflent, voulant être poussée par la luminosité. Voulant dépasser la bête avant qu'elle me bloque le passage. Je sentais les sourdes vibrations provoquées par son déplacement, le claquement abrupt des roseaux qu'elle foulait, et son gémissement exprimait à présent une espèce d'impatience qui m'écœurait par l'intensité de sa volonté à me trouver.

Des ténèbres sur ma gauche est venue l'impression d'un poids énorme focalisé sur moi. D'un grand visage pâle et torturé, de profil, suivi d'une masse pesante. Qui se ruait vers un point devant moi sans que je n'aie d'autre choix que de le laisser faire, de sprinter tel un coureur de fond vers la ligne d'arrivée afin de le dépasser et d'être libre.

La chose arrivait si vite, trop vite. Je voyais que je n'allais pas y arriver, impossible, pas avec cet angle, mais je ne pouvais plus en changer.

Le moment crucial est venu. Il m'a semblé sentir son haleine brûlante sur mon flanc, j'ai tressailli et crié sans ralentir ma course. Mais le passage était ensuite dégagé, et presque juste derrière moi, j'ai entendu une espèce de long sanglot aigu, accompagné de l'impression que l'espace, l'air se *remplissaient* soudain, avec le bruit d'une chose énorme qui essayait de freiner, de changer de direction, mais se retrouvait propulsée par sa propre inertie dans les roseaux de l'autre côté du chemin. Un gémissement presque plaintif, bruit solitaire dans cet endroit, qui m'appelait. Et a continué à m'appeler, me suppliant de revenir, de la voir en entier, de reconnaître son existence.

Je ne me suis pas retournée. J'ai continué à courir.

Le souffle a fini par me manquer. Les jambes en coton, j'ai marché jusqu'à ce que le chemin s'enfonce suffisamment dans la forêt pour me permettre de trouver un gros chêne auquel je puisse grimper. J'y ai passé la nuit inconfortablement installée entre deux branches. Si la bête qui gémissait m'avait suivie jusque-là, je ne sais pas ce que j'aurais fait. Je l'entendais encore, bien que de nouveau de très loin. Je ne voulais pas penser à elle, mais je ne pouvais pas m'en empêcher.

J'ai dormi par intervalles, un œil vigilant sur le sol. À un moment, quelque chose de massif s'est arrêté en reniflant au pied de l'arbre, avant toutefois de poursuivre son chemin. À un autre, j'ai eu l'impression que de vagues formes bougeaient à mi-distance, mais il ne s'est rien passé. Elles ont semblé s'immobiliser un instant, yeux lumineux flottant dans le noir, sans pour autant paraître menaçantes. Je serrais le journal de mon mari sur ma poitrine comme un talisman de protection contre la nuit, en refusant toujours de l'ouvrir. Mes craintes sur ce qu'il pouvait contenir n'avaient fait que croître.

Le matin n'allait plus tarder quand, en me réveillant une fois de plus, je me suis rendu compte que ma luminosité était devenue littérale : ma peau était légèrement phosphorescente dans le noir. J'ai caché mes mains dans mes manches et relevé mon col pour me rendre le moins visible possible, puis je me suis assoupie de nouveau. Une partie de moi ne voulait plus jamais se réveiller, dormir pendant tout ce qui pourrait encore se produire.

Mais je me souvenais d'une chose, à présent : l'endroit où j'avais déjà vu le masque fondu... le psychologue de la onzième expédition, un homme dont j'avais visualisé l'interrogatoire mené après son retour. Un homme qui avait déclaré d'un ton calme et égal : « C'était très beau et très paisible, dans la Zone X. On n'a rien vu d'inhabituel. Rien du tout. » Il avait ensuite eu un sourire plutôt vague.

La mort, je commençais à le comprendre, n'était pas la même des deux côtés de la frontière.

Le lendemain matin, la tête résonnant encore des gémissements de la créature, je suis rentrée dans la partie de la Zone X où le chemin grimpait en pente forte, avec de chaque côté l'eau noire marécageuse parsemée de pneumatophores de cyprès donnant la trompeuse impression d'être morts. L'eau absorbait le moindre bruit et sa surface immobile ne renvoyait d'autre reflet que celui de la mousse grise et des branches d'arbres. J'aimais plus que tout cette partie-là du sentier. Le monde y avait une vigilance que seule égalait une impression de solitude paisible. L'immobilité vous invitait à baisser la garde tout en vous reprochant de le faire. Le camp de base était encore à un kilomètre et demi et la lumière, le bourdonnement des insectes dans les herbes hautes me rendaient paresseuse. Je me répétais déjà ce que j'allais dire à la géomètre, ce que je lui raconterais et ce que je lui tairais.

La luminosité en moi s'est embrasée. J'ai eu le temps d'amorcer un pas vers la droite.

La première balle m'a touchée à l'épaule au lieu de m'atteindre en plein cœur et sous l'impact, j'ai pivoté et reculé. La deuxième balle m'a déchiré le flanc gauche, ce qui n'a pas suffi pour me soulever du sol, mais m'a fait tournoyer et tomber. J'ai roulé au bas de la pente dans un profond silence au sein duquel un rugissement m'est arrivé aux oreilles. Je me suis retrouvée allongée le souffle coupé au pied de la colline, une main tendue plongée dans l'eau noire, l'autre coincée sous le corps. Les élancements dans mon flanc gauche m'ont d'abord donné l'impression qu'on ne cessait de m'ouvrir au couteau de boucher pour me recoudre. Mais ils n'ont pas tardé à s'atténuer en une vague douleur diffuse, mes blessures réduites par un complot cellulaire à une sensation évoquant des animalcules en train de se tortiller lentement dans mon corps.

Quelques secondes seulement avaient passé. Je savais qu'il ne fallait pas rester là. Par chance, j'avais laissé mon pistolet dans son étui, sans quoi il aurait volé hors de portée. Je l'ai dégainé. Ayant vu la lunette du fusil, cercle minuscule dans les hautes herbes, je savais qui m'avait tendu l'embuscade. Bien qu'ancienne militaire et compétente, la géomètre ne pouvait pas savoir que la luminosité m'avait protégée, que je n'étais pas en état de choc, paralysée de douleur par mes blessures.

J'ai roulé sur le ventre dans l'intention de ramper le long de l'eau.

La géomètre m'a alors interpellée de l'autre côté du talus. « Où est la psychologue ? a-t-elle demandé. Qu'est-ce que tu en as fait ? »

J'ai fait l'erreur de dire la vérité.

« Elle est morte », ai-je répondu d'une voix que j'essayais de rendre faible et tremblante.

La seule réaction de la géomètre a été de me tirer une balle au-dessus de la tête, peut-être dans l'espoir que je sorte à découvert.

« Je ne l'ai pas tuée ! ai-je crié. Elle a sauté du haut du phare.

— *Risque pour récompense !* » m'a-t-elle renvoyé comme une grenade. Elle avait dû penser à ce moment-là pendant toute mon absence. Ça n'a pas eu davantage d'effet sur moi que n'en avait eu ma tentative de l'utiliser sur elle.

« Écoute-moi ! Tu m'as blessée… gravement blessée. Tu ne peux pas m'abandonner là. Je ne suis pas ton ennemie. »

Paroles pathétiques, lénifiantes. J'ai attendu, mais elle n'a pas répondu. Je n'entendais que le bourdonnement des abeilles autour des fleurs sauvages et le gargouillement de l'eau quelque part dans le marécage noir de l'autre côté du talus. J'ai levé les yeux vers le ciel d'un bleu superbe en me demandant s'il était temps de bouger.

« Retourne au camp de base, emporte les provisions, ai-je crié pour faire une nouvelle tentative. Rentre à la frontière. Je m'en fiche. Je ne t'en empêcherai pas.

— Je n'en crois pas un mot ! » a-t-elle crié en retour, plus près, car elle avançait de l'autre côté. Puis : « Tu es revenue et tu n'es plus humaine. Tu devrais te tuer pour m'éviter d'avoir à le faire. » Son ton désinvolte ne m'a pas plu.

« Je suis aussi humaine que toi. C'est quelque chose de naturel. » Je me suis rendu compte qu'elle ne comprendrait pas que je parlais de la luminosité. Je voulais dire que j'étais moi-même quelque chose de naturel, mais je ne savais pas à quel point c'était vrai… et de toute manière, ça ne plaiderait pas en ma faveur.

« Dis-moi ton nom ! a-t-elle hurlé. Dis-moi ton nom ! *Dis-moi ton putain de nom !*

— Ça n'y changera rien, ai-je crié. Comment ça pourrait changer quelque chose ? Je ne comprends pas pourquoi ça changerait quelque chose. »

Le silence a été ma réponse. Elle ne dirait plus rien. J'étais un démon, un diable, quelque chose qu'elle ne pouvait pas comprendre ou avait choisi de ne pas comprendre. Je la sentais qui approchait toujours plus près, s'accroupissait pour se mettre à couvert.

Elle ne presserait plus la détente avant de m'avoir dans sa ligne de mire alors que je n'avais de mon côté qu'une envie : foncer sur elle en tirant frénétiquement. J'ai malgré tout *avancé* rapidement dans sa direction le long de l'eau, moitié à quatre pattes, moitié sur le ventre. Elle s'attendait peut-être à ce que je m'éloigne pour tenter de m'échapper, mais vu la portée de son fusil, je savais que ce serait suicidaire. J'ai essayé de ralentir ma respiration. Je voulais entendre le moindre des bruits par lesquels elle pourrait trahir sa position.

Quelques instants plus tard, j'ai entendu des pas de l'autre côté de la colline. J'ai pris un morceau de terre boueuse que j'ai lancé avec force au ras du sol dans la direction dont je venais. Quand il est retombé avec un bruit visqueux, une quinzaine de mètres plus loin, je remontais lentement la colline en gardant tout juste le bord du chemin dans mon champ de vision.

Le sommet du crâne de la géomètre m'est apparu à moins de trois mètres. Elle avançait à quatre pattes dans les hautes herbes du chemin. Je n'ai fait que l'entrapercevoir. Ça n'a même pas duré une seconde, elle allait disparaître. Je n'ai pas réfléchi. Je n'ai pas hésité. J'ai tiré.

Sa tête est partie d'un coup sur le côté et elle s'est écroulée sans bruit dans l'herbe, a roulé sur le dos avec un grognement, comme dérangée dans son sommeil, puis n'a plus bougé. Elle avait le côté du visage recouvert de sang et son front avait pris une forme grotesque. Je suis redescendue en me laissant glisser au pied de la pente. Je contemplais mon pistolet, en état de choc. J'avais l'impression d'être coincée entre deux avenirs, même si j'avais déjà pris la décision de vivre dans l'un d'eux. Il n'y avait plus que moi.

Quand j'ai regardé de nouveau, avec beaucoup de précautions et toujours collée au flanc de la colline, j'ai vu qu'elle était toujours au même endroit et ne bougeait toujours pas. Je n'avais encore jamais tué personne. Je n'étais pas sûre, vu la logique des lieux, d'avoir désormais vraiment tué quelqu'un. C'est du moins ce que je me suis dit pour arrêter de trembler. Parce que derrière tout ça, je continuais de penser que j'aurais pu essayer de la raisonner encore un peu, ou ne pas tirer et m'échapper dans la nature.

Je me suis levée pour gagner le sommet de la colline en me sentant tout endolorie alors qu'il ne restait dans mon épaule qu'une douleur sourde. En me penchant sur le corps de la géomètre, dont le fusil faisait avec sa tête ensanglantée comme un point d'exclamation, je me suis demandé à quoi avaient ressemblé ses dernières heures au camp de base. Quels doutes l'avaient assaillie. Si elle était partie vers la frontière, avait hésité, était retournée au camp puis repartie, prise dans un cercle d'indécision. Quelque chose avait sûrement déclenché l'attaque contre moi, à moins que passer la nuit seule dans sa tête à cet endroit ait suffi. La solitude pouvait peser sur quelqu'un, sembler exiger qu'on agisse. Si j'étais revenue au moment promis, cela aurait-il tout changé ?

Je ne pouvais pas la laisser là, mais je n'étais pas certaine de vouloir la ramener au camp de base pour l'enterrer dans le vieux cimetière derrière les tentes. La luminosité en moi me privait d'assurance. Et si la géomètre avait un rôle à jouer à cet endroit précis ? L'enterrer réduirait-il à néant une capacité au changement qu'elle pouvait avoir, même à présent ? J'ai fini par faire rouler son corps jusqu'au bord de l'eau, la peau toujours tiède et élastique, le sang lui coulant de sa plaie au crâne. J'ai alors dit quelques paroles dans lesquelles j'exprimais l'espoir qu'elle me pardonne et lui pardonnais de m'avoir tiré dessus. Je ne sais pas si elles avaient vraiment du sens pour elle comme pour moi à ce moment-là. Elles me paraissaient absurdes en quittant mes lèvres. Si la géomètre avait soudain ressuscité, nous aurions sans doute convenu l'une et l'autre de ne rien nous pardonner.

Je l'ai prise dans mes bras et suis entrée dans l'eau noire jusqu'aux genoux. Je l'ai alors lâchée et regardée s'enfoncer. Quand même l'anémone pâle et déployée de sa main gauche a disparu, j'ai regagné la rive. Je ne savais pas si elle était croyante, s'attendait à ressusciter au paradis ou à devenir de la nourriture à asticots. Quoi qu'il en soit, les cyprès ont formé une sorte de cathédrale au-dessus d'elle qui coulait toujours plus profond.

Mais je n'ai pas eu le temps d'assimiler ce qui venait de se passer. Peu après mon retour sur le chemin, la luminosité a envahi beaucoup plus d'endroits, sans se limiter à mes centres nerveux. Je me suis recroquevillée sur le sol, emmitouflée dans ce qui ressemblait à un expansif hiver de glace noire, la luminosité se dilatant en une couronne de bleu lumineux autour d'un cœur blanc. J'ai eu l'impression d'être brûlée à la cigarette par une neige fulgurante qui tombait sur ma peau et s'y infiltrait. Je n'ai pas tardé à être si gelée, si complètement engourdie, ainsi piégée sur ce chemin dans mon propre corps, que mes yeux sont restés fixés sur l'herbe touffue devant moi et ma bouche à moitié ouverte dans la terre. J'aurais dû éprouver du bien-être à échapper à la douleur de mes blessures, mais j'étais hantée dans mon délire.

Je ne me souviens que de trois moments de celui-ci. Dans le premier, la géomètre, la psychologue et l'anthropologue baissaient les yeux sur moi derrière des ondulations, comme si j'étais un têtard regardant hors de sa flaque d'eau. Elles m'observaient pendant un temps anormalement long. Dans le deuxième, j'avais la main sur la tête de la créature qui gémissait et je murmurais quelque chose dans une langue que je ne comprenais pas. Dans le troisième, j'examinais une carte vivante de la frontière, représentée comme de larges douves entourant la Zone X. Dans ces douves nageaient d'immenses créatures marines qui se fichaient que je les regarde : je ressentais leur absence de considération à mon égard comme une espèce d'horrible manque.

Pendant tout ce temps, ai-je découvert ensuite grâce aux marques que j'avais laissées dans l'herbe, je n'étais absolument pas paralysée, mais en proie à des spasmes et des convulsions, je me tortillais comme un ver sur le sol, une partie lointaine de moi-même continuant à ressentir la douleur, essayant d'en mourir, même si la luminosité ne voulait pas en entendre parler. Si j'avais pu mettre la main sur mon pistolet, je crois que je me serais tiré une balle dans la tête… et que je l'aurais fait avec joie.

Peut-être est-il clair à présent que je ne suis pas toujours douée pour dire aux gens ce qu'ils pensent avoir le droit de savoir, et dans ce récit, j'ai jusqu'à présent négligé de mentionner certains détails sur la luminosité. Là encore, c'était dans l'espoir qu'ils n'influencent pas l'opinion initiale du lecteur sur mon objectivité. J'ai essayé de compenser en révélant davantage d'informations personnelles que je ne l'aurais fait autrement, en partie à cause de leur rapport avec la nature de la Zone X.

En vérité, quelques instants avant que la géomètre essaie de me tuer, la luminosité s'est dilatée en moi pour améliorer mes sens, si bien que je percevais les petits mouvements de hanche de la géomètre qui, allongée par terre, me prenait pour cible dans la lunette de son fusil. J'entendais ses gouttes de sueur lui couler sur le front. Je sentais l'odeur de son déodorant et le goût de l'herbe jaunissante qu'elle écrasait pour tendre son embuscade. Quand je lui ai tiré dessus, c'était toujours avec mes sens augmentés et il n'y a pas d'autre explication à sa vulnérabilité à mon égard.

Cela a été, in extremis, une exagération soudaine de ce que je vivais déjà. Sur le chemin du phare, à l'aller comme au retour, la luminosité s'était aussi manifestée comme un petit rhume. J'avais eu un peu de fièvre, avec de la toux et une sinusite. J'avais eu des accès de faiblesse et de vertige. Une impression de flotter et une lourdeur m'avaient parcouru le corps par intervalles, sans jamais s'équilibrer : soit je flottais, soit je me traînais.

Pour ce qui est de la luminosité, mon mari aurait fait preuve d'initiative. Il aurait trouvé mille façons d'essayer de la soigner – et de faire disparaître les cicatrices – sans me laisser m'en occuper à ma manière, ce qui explique pourquoi, quand nous vivions ensemble, je ne lui disais pas toujours que j'étais malade. Mais dans le cas présent, de toute manière, tous ses efforts n'auraient servi à rien. On peut soit perdre son temps à s'inquiéter d'une mort qui ne viendra pas forcément, soit se concentrer sur ce qui nous reste.

Quand j'ai fini par retrouver mes esprits, c'était déjà le lendemain midi. Je m'étais traînée je ne sais comment jusqu'au camp de base. J'étais vidée et il m'a fallu engloutir plus de trois litres d'eau les heures suivantes pour retrouver un sentiment de plénitude. Mon flanc me brûlait, mais je sentais qu'une réparation ultra-rapide était en cours, suffisante pour que je puisse me déplacer. La luminosité, qui s'était déjà glissée dans mes membres, semblait désormais avoir été d'un coup bloquée par mon corps, sa progression retardée par le besoin de soigner mes blessures. Les symptômes de rhume avaient disparu et la légèreté, la lourdeur été remplacées par un bourdonnement constant et soutenu en moi, avec en plus, temporairement, une impression désagréable, comme si quelque chose se glissait sous ma peau en formant une couche absolument identique à celle qu'on voyait.

Je savais qu'il ne fallait pas se fier à cette sensation de bien-être, qu'elle pouvait n'être que l'interrègne avant une autre étape. Que les changements se soient pour l'instant limités à une peau phosphorescente et à une amélioration de mes sens comme de mes réflexes était un bien piètre soulagement à côté de ce que je venais d'apprendre : pour contenir la luminosité, j'allais devoir continuer de me blesser, de me faire du mal. D'agresser mon organisme.

Si bien que face au chaos du camp de base, j'ai peut-être réagi de manière plus terre à terre que je ne l'aurais fait dans d'autres circonstances. La géomètre avait taillé en longues bandes l'épaisse toile des tentes. Elle avait réduit en cendres les registres de données scientifiques laissés par les expéditions précédentes : j'en voyais quelques fragments noircis entre les restes de bûches. Elle avait détruit toutes les armes qu'elle ne pouvait pas emporter en les démontant consciencieusement avant d'en éparpiller les pièces un peu partout dans le camp, comme pour me mettre au défi. Des boîtes de conserve vidées de leur contenu jonchaient le sol dans tout le camp. Pendant mon absence, la géomètre était devenue une espèce de tueuse en série frénétique de l'inanimé.

J'ai trouvé son journal dans sa tente, gisant comme pour mieux séduire sur les restes de son lit au milieu de toutes sortes de cartes, certaines anciennes et jaunissantes. Mais il était vide. Les rares fois où je l'avais vue, à l'écart, en train « d'écrire » dedans, elle avait fait semblant. Pas question pour elle de laisser la psychologue ou n'importe laquelle d'entre nous découvrir ce qu'elle pensait vraiment. Je me suis aperçue que je respectais ça.

Elle avait malgré tout laissé, sur un morceau de papier à côté du lit, une ultime déclaration, lapidaire, qui fournissait peut-être un début d'explication à son hostilité : « L'anthropologue a essayé de revenir, mais je me suis chargée d'elle. » Elle avait été soit folle, soit beaucoup trop saine d'esprit. J'ai examiné les cartes, mais aucune n'était de la Zone X. Elle avait écrit des choses dessus, des choses personnelles qui évoquaient des souvenirs. J'ai fini par me rendre compte que ces cartes devaient représenter des endroits où elle avait vécu ou qu'elle avait visités. Je ne pouvais pas lui reprocher d'y être retournée, d'avoir cherché dans le passé de quoi l'ancrer éventuellement dans le présent, aussi futile que cette quête ait été.

Tout en poursuivant mon exploration des restes du camp de base, j'ai fait le point sur ma propre situation. J'ai trouvé quelques boîtes de conserve qu'elle avait négligé de vider pour je ne sais quelle raison. Elle était aussi passée à côté d'une partie de l'eau potable parce que, comme toujours, j'en avais caché dans mon sac de couchage. Même si tous mes échantillons avaient disparu – elle avait dû les jeter dans le marécage noir en allant tendre son embuscade –, ce comportement n'avait rien résolu ni rien fait avancer. Je gardais mes mesures et mes observations sur les échantillons dans un petit carnet au fond de mon sac à dos. Mon microscope plus gros et plus puissant me manquerait, mais celui que j'avais dans le sac me suffirait. Comme je mangeais peu, j'avais deux semaines de nourriture. Mon eau durerait trois ou quatre jours de plus et je pouvais toujours en faire bouillir davantage. J'avais assez d'allumettes pour faire du feu pendant un mois, et de toute manière, je savais m'en passer. D'autres provisions m'attendaient dans le phare, à tout le moins dans le sac à dos de la psychologue.

Derrière le camp, j'ai vu ce que la géomètre avait ajouté au vieux cimetière : une nouvelle tombe, vide, avec un petit tas de terre à côté... et fichée dans le sol, une simple croix faite de branches mortes. Était-elle destinée à l'anthropologue, à moi ? Ou au deux ? La perspective de reposer pour l'éternité aux côtés de l'anthropologue n'était guère plaisante.

Un peu plus tard, alors que je mettais de l'ordre, une crise de fou rire sortie de nulle part m'a pliée en deux de douleur : je me rappelais soudain quand j'avais fait la vaisselle du dîner, le soir où mon mari était revenu de la frontière. Je me souvenais parfaitement d'avoir vidé une assiette de ses restes de spaghetti et de poulet en me demandant avec une certaine perplexité comment un acte aussi banal pouvait coexister avec le mystère de la réapparition de mon mari.

05 : Dissolution

La ville ne m'a jamais vraiment réussi, même si j'y vivais par nécessité... parce que mon mari avait besoin d'être là, parce qu'on y trouvait les meilleurs boulots pour moi, parce que je m'étais autodétruite quand j'avais eu des occasions de travailler sur le terrain. Mais je n'étais pas un animal apprivoisé. La crasse et la poussière d'une grande agglomération, son *insomnie* perpétuelle, son surpeuplement, sa lumière constante qui cachait les étoiles, ses omniprésentes vapeurs d'essence, ses mille manières de présager notre destruction... rien de tout ça ne me plaisait.

« Où vas-tu si tard le soir ? » avait plusieurs fois demandé mon mari, neuf mois environ avant de partir avec la onzième expédition. Il y avait implicitement un « vraiment » après le « vas-tu », je l'entendais, sonore et insistant.

« Nulle part », ai-je dit. *Partout.*

« Non, vraiment... tu vas où ? » Il faut lui reconnaître qu'il n'avait jamais essayé de me suivre.

« Je ne te trompe pas, si c'est ce que tu veux dire. »

Me montrer aussi directe suffisait en général à le faire taire, à défaut de le rassurer.

Je lui avais raconté que sortir marcher seule en fin de soirée me détendait, me permettait de dormir en évacuant le trop-plein de stress ou d'ennui récolté au boulot. Mais en vérité, je n'allais pas plus loin qu'un terrain vague envahi d'herbe. Il m'attirait parce qu'il n'était pas vraiment « vague » au sens de vacant : deux espèces d'escargots y habitaient, tout comme trois espèces de lézards, des papillons et des libellules. Une flaque d'origine modeste – une ornière boueuse laissée par des pneus de camion – avait recueilli assez d'eau de pluie pour devenir mare. Des œufs de poissons s'étaient retrouvés là, on y voyait du fretin, des têtards et des insectes aquatiques. Des mauvaises herbes avaient poussé autour, limitant les risques d'érosion. Des oiseaux chanteurs s'y ravitaillaient durant leur migration.

En matière d'habitats, le terrain n'avait rien de complexe, mais sa proximité émoussait en moi le besoin de sauter en voiture pour gagner le coin de nature sauvage le plus proche. J'aimais y aller tard le soir parce que ça me permettait parfois de voir passer un renard méfiant ou de surprendre un écureuil volant en train de se reposer sur un poteau téléphonique. Des engoulevents se rassemblaient à proximité pour se régaler des insectes qui assaillaient les lampadaires. Des souris et des chouettes suivaient les antiques rituels proie / prédateur. Ils avaient tous une vigilance différente de celle des animaux dans la nature véritablement sauvage : c'était une vigilance lasse, résultat d'une longue et épuisante histoire. Remplie de rencontres traîtresses en territoire occupé par l'humain, de tragiques événements passés.

Je n'ai pas dit à mon mari que j'allais toujours au même endroit parce que je voulais garder ce terrain vague pour moi. Les couples font tant de choses par habitude et parce que c'est ce qu'on attend d'eux, rituels qui ne me gênaient en rien. Et parfois même me plaisaient. Mais j'avais besoin d'être égoïste quant à ce morceau de nature urbaine. Il m'occupait l'esprit quand j'étais au travail, il me calmait, me procurait une série de petites scènes dramatiques à attendre avec impatience. Je ne savais pas que pendant que j'appliquais ce sparadrap à mon besoin de plein air, mon mari rêvait de la Zone X et d'espaces verts bien plus vastes. Mais le parallèle m'a ensuite aidée à apaiser d'abord la colère au moment de son départ, puis la confusion à celui de son retour sous une forme tellement différente… même si la dure vérité est que je ne comprenais toujours pas vraiment ce qui m'avait manqué chez lui.

La psychologue avait dit : « La frontière avance… un peu plus tous les ans. »

Mais cette information m'avait paru trop limitante, trop ignorante. Il existait des milliers d'espaces « morts » comme le terrain que j'avais observé, des milliers de milieux de transition que personne ne voyait, rendus invisibles parce que « ne servant à rien ». Ils pouvaient être habités par n'importe quoi sans que personne ne s'en rende compte tout de suite. Nous en étions venus à considérer la frontière comme un mur monolithique invisible, mais si les membres de la onzième expédition avaient pu revenir sans qu'on s'en rende compte, d'autres choses ne pouvaient-elles pas déjà l'avoir traversée ?

Durant cette nouvelle phase de ma luminosité, alors que je me remettais de mes blessures, la Tour n'a cessé de m'appeler : je sentais sa présence physique sous la terre avec une netteté qui imitait cette première ivresse de l'attirance, quand, sans regarder, on sait exactement où se trouve dans la pièce l'objet de son désir. En partie à cause de mon propre besoin d'y retourner, mais peut-être aussi à cause des spores, et j'y ai résisté car j'avais du travail à faire d'abord. Travail qui pourrait aussi, si j'arrivais à l'accomplir sans immixtion étrange, tout mettre en perspective.

Pour commencer, j'ai dû isoler les données se rapportant aux véritables bizarreries de la Zone X des mensonges et dissimulations de mes supérieurs. Par exemple, la connaissance secrète qu'il y avait d'abord eu une proto-Zone X, une espèce de *préambule* et de tête de pont. La découverte du monticule de journaux avait radicalement modifié mon point de vue sur la Zone X, mais savoir qu'il y avait eu un nombre plus élevé d'expéditions ne m'en apprenait pas vraiment davantage sur la Tour et ses effets. Ça m'apprenait surtout que même si la frontière gagnait du terrain, le taux d'assimilation par la Zone X pouvait toujours être considéré comme conventionnel. Les points de données récurrents trouvés dans les journaux qui faisaient référence aux cycles et fluctuations des saisons de l'étrange et de l'ordinaire étaient utiles pour dégager des tendances. Mais mes supérieurs détenaient sans doute cette information-là aussi, si bien qu'elle pouvait être considérée comme déjà signalée par d'autres. Le mythe selon lequel seules avaient échoué quelques-unes des premières expéditions, la date de départ étant artificiellement *insinuée* par le Rempart Sud, renforçait l'idée de cycles existant dans un cadre général de *progression*.

Les détails relatés dans les journaux racontaient peut-être des histoires d'héroïsme ou de lâcheté, de bonnes et mauvaises décisions, mais en fin de compte, ils soutenaient une sorte d'*inéluctabilité*. Personne n'était encore allé jusqu'au bout de l'*intention* et du *but* d'une manière qui avait fait obstruction à cette intention ou ce but. Tout le monde était mort ou avait été tué, était revenu changé ou non, mais la Zone X avait continué comme toujours... tandis que nos supérieurs semblaient tellement craindre tout changement radical dans la manière d'envisager cette situation qu'ils avaient continué d'envoyer des expéditions sans leur donner d'informations, comme si c'était la seule possibilité. *Nourrir la Zone X mais sans la contrarier, et peut-être que par hasard ou par simple répétition, quelqu'un tombera sur une explication, une solution, avant que le monde* devienne *la Zone X.*

Si je n'avais aucun moyen de corroborer l'une ou l'autre de ces théories, les échafauder m'a toutefois apporté un lugubre réconfort.

181

J'ai gardé le journal de mon mari pour la fin, même s'il m'attirait autant que la Tour. Plutôt que le lire, je me suis intéressée à ce que j'avais rapporté : les échantillons du village en ruine et ceux de la psychologue, auxquels j'ai ajouté ceux de ma propre peau. J'ai installé mon microscope sur la table bancale, que la géomètre avait dû trouver trop abîmée pour se donner la peine de la détruire. Les cellules de la psychologue, qu'elles proviennent de son épaule saine ou de sa blessure, ressemblaient à des cellules humaines normales. Tout comme celles de mon propre échantillon. C'était impossible. J'ai examiné je ne sais combien de fois les échantillons, en faisant même puérilement mine de ne trouver aucun intérêt à les observer avant de fondre sur eux avec un regard d'aigle.

J'étais convaincue que quand je ne les regardais pas, ces cellules se transformaient, que l'acte d'observation lui-même changeait tout. Je savais que c'était de la folie, mais je le pensais quand même. J'avais à ce moment-là l'impression que la Zone X se moquait de moi... chaque brin d'herbe, chaque insecte égaré, chaque goutte d'eau. Qu'arriverait-il quand le Rampeur parviendrait au fond de la Tour ? Qu'arriverait-il quand il remonterait ?

J'ai alors examiné les échantillons du village : de la mousse du « front » d'un des foisonnements, des éclats de bois, un renard mort, un rat. Le bois était bien du bois. Et le rat un rat. Quant à la mousse et au renard... ils étaient constitués de cellules humaines modifiées. *Là où gît le fruit étrangleur venu de la main du pêcheur je ferai apparaître les semences des morts...*

J'imagine que sous le coup de la surprise, j'aurais dû décoller d'un coup l'œil du microscope, mais ce que me montrait un instrument ne pouvait plus m'inspirer de réactions de recul. Je me suis donc limitée à jurer tout bas. Le sanglier sur le chemin du camp de base, les étranges dauphins, la créature tourmentée dans les roseaux. Et même l'idée que des répliques des membres de la onzième expédition étaient revenues de la Zone X. Tout cela allait dans le sens de ce que je voyais dans mon microscope. Des transformations se produisaient dans cet endroit, et j'avais eu beau me sentir dans un paysage « naturel » quand j'étais allée au phare, je ne pouvais nier que la manière dont ces habitats étaient « de transition » n'avait rien de naturel. J'ai ressenti un soulagement paradoxal : au moins avais-je maintenant la preuve qu'il se passait quelque chose d'étrange, en plus du tissu cérébral prélevé par l'anthropologue sur la peau du Rampeur.

Mais j'en ai eu alors assez des échantillons. J'ai déjeuné et décidé de ne pas davantage me fatiguer à remettre le camp en ordre : l'essentiel de cette tâche retomberait sur l'expédition suivante. C'était un autre après-midi éclatant d'une chaleur agréable sous un ciel d'un bleu stupéfiant. Je me suis assise quelque temps pour observer les libellules voler à ras des hautes herbes ou les méandres et plongeons d'un pic à tête rouge. Je ne faisais que retarder l'inévitable, mon retour à la Tour, et pourtant, je perdais du temps.

Quand j'ai enfin commencé à lire le journal de mon mari, la luminosité s'est déversée sur moi en vagues interminables, me reliant à la terre, à l'eau, aux arbres, à l'air tandis que je m'ouvrais encore et encore.

Le journal de mon mari n'était pas du tout comme on pouvait s'y attendre. À l'exception de quelques-unes, succinctes et griffonnées à la hâte, la plupart des entrées s'adressaient à moi. Je ne voulais pas de ça et j'ai dû me retenir de jeter le journal dès que je m'en suis rendu compte, comme si c'était du poison. Non par amour ou absence d'amour, plutôt à cause d'un sentiment de culpabilité. Il avait voulu partager ce journal avec moi, et désormais soit il était vraiment mort, soit il existait dans un état qui m'empêchait de communiquer un tant soit peu avec lui, de lui rendre la pareille.

La onzième expédition avait compté huit membres, tous masculins : un psychologue, deux auxiliaires médicaux (dont mon mari), un linguiste, un géomètre, un biologiste, un anthropologue et un archéologue. Ils étaient entrés dans la Zone X en hiver, quand les arbres avaient perdu la plupart de leurs feuilles et les roseaux s'étaient épaissis et assombris. Les arbustes à fleurs « devenus maussades » semblaient « se blottir » contre le sentier, écrivait-il. « Moins d'oiseaux qu'indiqué dans les rapports. Où sont-ils donc passés ? Seul l'Oiseau Fantôme le sait. » Le temps était souvent couvert et le niveau de l'eau assez bas dans les marais de cyprès. « Pas une goutte de pluie depuis notre arrivée », avait-il noté à la fin de leur première semaine.

Le cinquième ou sixième jour, ils ont eux aussi découvert ce que je suis la seule à appeler la Tour – j'étais toujours plus convaincue que l'emplacement du camp de base avait été choisi pour provoquer cette découverte –, mais leur géomètre étant d'avis qu'ils devaient continuer de cartographier la région au sens large, ils n'ont pas suivi le même itinéraire que nous. « Personne n'avait envie de descendre là-dedans, a écrit mon mari. Et moi encore moins. »

Mon mari souffrait de claustrophobie, ce qui l'obligeait même parfois à quitter notre lit en pleine nuit pour aller dormir dans la véranda.

Pour une raison ou pour une autre, le psychologue n'a pas, en l'occurrence, obligé l'expédition à aller dans la Tour. Ils ont continué leurs explorations, dépassant le village en ruine, allant au phare et plus loin encore. Du phare, mon mari a noté qu'ils avaient été horrifiés en découvrant les signes du carnage, mais qu'ils avaient « trop de respect pour les morts pour remettre les choses en place », par là j'imagine qu'il veut parler des tables renversées au rez-de-chaussée. J'ai été déçue de ne rien trouver sur la photographie du gardien du phare au mur du palier.

Comme moi, ils ont découvert le tas de journaux au sommet du phare et en ont été secoués. « Nous avons eu une discussion très vive sur ce qu'il fallait faire. Je voulais abandonner la mission pour rentrer, puisque, de toute évidence, on nous avait menti. » Mais c'est apparemment à ce moment-là que le psychologue a repris le contrôle, ou du moins un contrôle précaire. Une des directives pour la Zone X stipulait qu'une expédition ne devait pas se séparer. Celle-ci a malgré tout décidé de le faire dans l'entrée suivante, comme pour sauver la mission en satisfaisant la volonté de chacun afin que personne n'essaie de retourner à la frontière. L'autre auxiliaire médical, l'anthropologue et le psychologue sont restés dans le phare pour lire les journaux et examiner les parages. Le linguiste et le biologiste sont repartis explorer la Tour. Mon mari et le géomètre ont poursuivi leur chemin.

« Tu adorerais cet endroit, a-t-il écrit dans une entrée particulièrement survoltée qui m'a moins fait penser à de l'optimisme qu'à une inquiétante euphorie. Tu adorerais la lumière sur les dunes. Tu adorerais le côté nature sauvage de tout ça. »

Ils ont remonté la côte pendant toute une semaine en dressant la carte du paysage, convaincus d'atteindre la frontière à un moment donné, quelle que soit la forme que prendrait celle-ci... persuadés de buter tôt ou tard sur un obstacle.

Sauf qu'ils ne l'ont jamais trouvée.

Ils retrouvaient par contre le même habitat jour après jour. « On va plein nord, je crois, a-t-il écrit, mais même si on a parcouru vingt-cinq à trente kilomètres à la tombée de la nuit, rien n'a changé. Tout est pareil », même s'il ne voulait pas dire (il insistait beaucoup sur ce point) qu'ils étaient « coincés dans une espèce d'étrange boucle récurrente ». Il savait pourtant qu'« en principe, on aurait déjà dû arriver à la frontière ». Ils étaient en fait en plein milieu d'une étendue de ce qu'il appelait le Rempart Sud qui n'avait *pas encore été cartographiée*, « dont le manque de précision de nos supérieurs nous avait incités à supposer qu'elle existait déjà de l'autre côté de la frontière ».

Je savais moi aussi que la Zone X ne s'arrêtait pas d'un coup un peu plus loin que le phare. Comment je le savais ? Nos supérieurs nous l'avaient dit pendant l'instruction. Si bien que je n'en savais rien, en fait.

Ils ont fini par faire demi-tour parce qu'« on a vu d'étranges flots lumineux loin derrière nous et, dans l'intérieur des terres, d'autres lumières, accompagnées de bruits qu'on n'a pas réussi à identifier.

On s'est inquiétés pour les autres membres de l'expédition ». À ce moment-là, ils étaient arrivés en vue d'une « île rocheuse, la première île qu'on voyait » et avaient « ressenti une forte envie de l'explorer, même si elle était difficile d'accès ». Elle « semblait avoir été habitée à un moment ou à un autre : nous avons vu des maisons en pierres sur une colline, avec un quai au pied de celle-ci ».

Le retour au phare leur a pris quatre jours au lieu de sept, « comme si le terrain s'était contracté ». Ils y ont constaté la disparition du psychologue et découvert les traces d'une sanglante fusillade sur le palier à mi-hauteur. L'archéologue, agonisant, « nous a raconté que quelque chose "qui n'était pas de ce monde" avait monté les escaliers, tué le psychologue et emporté son corps. "Mais le psychologue est revenu plus tard", a divagué l'archéologue. On ne voyait que deux corps et aucun n'était celui du psychologue. Il n'a pas pu expliquer cette absence. Ni nous expliquer pourquoi ils s'étaient tiré dessus, à part en répétant comme une litanie "On ne se faisait pas confiance les uns les autres" ». Mon mari a remarqué que « certaines des blessures n'étaient pas dues à des balles et même les projections de sang sur les murs ne correspondaient pas à ce que je savais des scènes de crime. Il y avait un résidu étrange sur le sol ».

L'archéologue s'est « calé dans un coin du palier en menaçant de tirer si je m'approchais pour examiner ses plaies. Mais il n'a pas tardé à mourir ». Le géomètre et mon mari ont descendu les cadavres qu'ils ont enterrés un peu plus haut sur la plage. « C'était difficile, Oiseau Fantôme, et je ne sais pas si on s'en est remis un jour. Vraiment remis. »

Il ne restait donc plus que le linguiste et le biologiste à la Tour. « Le géomètre a proposé soit de repartir remonter la côte derrière le phare, soit de la redescendre par la plage. Mais lui et moi savions qu'il ne faisait que jouer avec les mots. Ce qu'il voulait dire en réalité, c'était qu'on devrait abandonner la mission, nous perdre dans le paysage. »

Paysage qui les affectait, désormais. La température chutait et remontait brutalement. Des grondements sortis des profondeurs de la terre se manifestaient sous forme de légères secousses sismiques. Le soleil leur parvenait avec « une teinte verdâtre » comme si « la frontière faussait notre vision ». Ils ont aussi vu « des vols d'oiseaux se diriger vers l'arrière-pays... pas tous de la même espèce, mais des faucons et des canards, des hérons et des aigles, tous regroupés comme pour une cause commune ».

À la Tour, ils ne se sont aventurés que quelques niveaux plus bas avant de remonter. Je n'ai trouvé aucune mention de mots au mur. « Si le linguiste et le biologiste étaient là-dedans, ce devait être beaucoup plus bas, mais les suivre ne nous disait rien. » Ils sont retournés au camp de base, où ils ont découvert le corps du biologiste, qui avait reçu plusieurs coups de couteau. Le linguiste avait laissé un mot qui disait simplement : « Parti au tunnel. Ne me cherchez pas. » J'ai étrangement eu le cœur serré de compassion pour ce collègue décédé. Sans nul doute avait-il essayé de faire entendre raison au linguiste. C'est du moins ce que je me suis dit. Peut-être avait-il essayé de tuer le linguiste. Mais celui-ci avait clairement été piégé par la Tour, par les mots du Rampeur. Connaître aussi intimement la signification des mots pouvait être trop pesant pour n'importe qui, je m'en aperçois, maintenant.

Le géomètre et mon mari sont retournés à la Tour au crépuscule. Pour une raison qui n'est pas claire à la lecture du journal... dans lequel commençait à apparaître des blancs de plusieurs heures, sans récapitulatif. Mais durant la nuit, ils ont vu une épouvantable procession entrer dans la Tour : sept des huit membres de la onzième expédition, y compris un sosie de mon mari et du géomètre. « Et là, devant moi, *moi-même*. Je marchais avec tant de raideur. J'avais le regard tellement vide. C'était si manifestement quelqu'un d'autre que moi... et pourtant, c'était moi. Le géomètre et moi nous sommes figés de stupéfaction. Nous n'avons pas essayé de les arrêter. Quelque part, nous arrêter *nous-mêmes* semblait impossible... et sans mentir, on était terrifiés. On n'a rien pu faire d'autre que les regarder descendre. Après, pendant un moment, j'ai tout compris, tout ce qui s'était passé. *Nous* étions morts. Nous étions des fantômes errant dans un paysage hanté, et même si nous ne le savions pas, des gens menaient à cet endroit des existences normales, tout y était comme il se devait... mais nous ne voyions rien à travers le voile, l'interférence. »

Mon mari s'est débarrassé peu à peu de cette impression. Ils sont restés cachés plusieurs heures dans les arbres derrière la Tour pour voir si les sosies revenaient. Ils ont discuté de ce qu'ils feraient dans ce cas. Le géomètre voulait les tuer. Mon mari, les interroger. Encore sous le choc, aucun des deux n'a fait remarquer que le psychologue manquait à la procession. À un moment, un bruit est sorti de la

Tour, comme un sifflement de vapeur, et un faisceau lumineux en a jailli vers le ciel pour disparaître brusquement. Mais ne voyant toujours personne remonter, les deux hommes ont fini par retourner au camp de base.

C'est à ce moment-là qu'ils ont décidé de partir chacun de leur côté. Le géomètre n'avait plus rien à voir et prévoyait de repartir aussitôt vers la frontière. Mon mari a refusé parce que, d'après certaines indications dans le journal, il soupçonnait « l'idée de rentrer de la même manière qu'on était venus de n'être qu'un piège ». Petit à petit, comme ils ne rencontraient jamais le moindre obstacle en allant vers le nord, il avait commencé à se « méfier de toute idée de frontières », même s'il ne pouvait pas encore synthétiser « l'intensité de ce sentiment » en une théorie cohérente.

Mêlées à ce témoignage direct de ce qui était arrivé à l'expédition, on trouvait des observations plus personnelles que, pour la plupart, je n'ai pas envie de résumer ici. Il y avait toutefois un passage à la fois sur la Zone X et sur notre relation :

> J'ai vu tout ça, vécu tout ça, le bon comme le mauvais, en regrettant que tu ne sois pas là. J'aurais voulu qu'on se porte volontaires ensemble. Je t'aurais mieux comprise, ici, pendant ce trek dans le nord. Nous n'aurions pas eu besoin de dire quoi que ce soit, si tu ne voulais pas parler. Ça ne m'aurait pas gêné. Pas du tout. Et on n'aurait pas fait demi-tour. On aurait continué jusqu'à ce qu'on ne puisse plus avancer.

Lentement, douloureusement, j'ai pris conscience de ce que je lisais depuis le tout début de ce journal. Mon mari avait eu une vie intérieure qui ne se limitait pas à sa sociabilité apparente, ce que j'aurais peut-être compris si j'avais eu l'intelligence de baisser ma garde pour lui. Mais je ne l'avais pas fait, bien entendu. J'avais baissé ma garde devant les bâches et les fongus mangeurs de plastique, mais pas devant lui. De tous les aspects de ce journal, c'est celui qui m'a le plus blessée. Mon mari avait sa part de responsabilité dans nos problèmes – en me poussant trop, en voulant trop, en essayant de voir en moi quelque chose qui n'existait pas. Mais j'aurais pu le rejoindre à mi-parcours sans abdiquer. À présent, il était trop tard.

Ses observations personnelles incluaient de nombreuses fioritures. Une description des bordures d'une bâche dans les rochers plus loin sur la côte, juste derrière le phare. Une longue observation de l'usage atypique, par un bec-en-ciseaux cherchant à tuer un gros poisson, d'un banc d'huîtres affleurant à marée basse. Des photographies de la bâche avaient été placées dans une chemise à l'arrière, en compagnie d'autres objets soigneusement mis de côté : des fleurs sauvages séchées, une cosse fine, quelques feuilles étranges. Mon mari ne se serait guère intéressé à eux : même la concentration nécessaire pour observer l'oiseau et écrire une page de notes aurait dépassé ses capacités. Je savais que ces éléments m'étaient destinés à moi et moi seule. Il n'y avait aucun mot tendre, mais je comprenais plus ou moins cette retenue. Il savait à quel point je détestais des mots comme *chérie*.

La dernière entrée, rédigée à son retour au phare, disait : « Je repars vers le nord par la côte. Mais pas à pied. J'ai découvert un bateau dans le village en ruine. Défoncé, à moitié pourri, mais le mur à l'extérieur du phare me fournira assez de bois pour le réparer. Je suivrai le littoral le plus longtemps possible. Jusqu'à l'île et peut-être encore plus loin. Si tu lis ça un jour, c'est là que je vais. C'est là que je serai. » Pouvait-il, même à l'intérieur de tous ces écosystèmes de transition, y en avoir un encore plus transitoire… à la limite de l'influence de la Tour mais pas encore dans celle de la frontière ?

J'ai refermé le journal avec le réconfort de cette image récurrente et fondamentale : mon mari partant en mer dans un bateau qu'il avait reconstruit, franchissant le ressac pour accéder aux flots calmes. Suivant la côte vers le nord, seul, cherchant dans cette expérience la joie des petits instants dont il gardait le souvenir depuis des jours plus heureux. Ça m'a rendue farouchement fière de lui. C'était une preuve de résolution. De courage. Ça le liait plus intimement à moi que nous l'avions été pendant notre vie commune.

Par lueurs, par lambeaux de pensée, encore influencée par ma lecture, je me suis demandé s'il continuait de tenir un journal ou si l'œil du dauphin m'avait seulement paru familier à cause de son apparence très humaine. Mais j'ai vite chassé cette pensée absurde : certaines questions vous détruiront si la réponse vous est trop longtemps refusée.

Mes blessures s'étaient réduites à une douleur constante mais supportable quand je respirais.

Comme par hasard, à la tombée de la nuit, la luminosité me remontait une nouvelle fois dans les poumons et la gorge, au point que je l'imaginais s'échapper par bribes de ma bouche. J'ai frissonné en repensant au moment où j'avais vu au loin la volute de la psychologue, comme un signal de détresse. Je n'ai pu attendre le matin, même si ce n'était qu'une prémonition d'un lointain avenir. Il fallait que je retourne *immédiatement* à la Tour. Je ne pouvais aller nulle part ailleurs. J'ai laissé le fusil d'assaut et n'ai emporté qu'un seul des pistolets. Je n'ai pas pris mon couteau. J'ai laissé mon sac à dos et accroché une gourde d'eau à ma ceinture. J'ai pris mon appareil photo, mais après réflexion, je l'ai abandonné près d'un rocher à mi-chemin de la Tour. Elle ne ferait que me distraire, cette tendance à documenter, et les photographies n'avaient pas plus d'importance que les échantillons. J'avais des décennies de journaux qui m'attendaient dans le phare. Et des générations d'expéditions qui avaient hanté l'endroit avant moi. L'inutilité de ça, la pression, m'ont presque atteinte de nouveau. Tout ce gaspillage.

J'avais emporté une torche électrique, mais j'ai découvert que j'y voyais suffisamment à la lueur verte dégagée par mon corps. J'ai avancé rapidement et discrètement dans le noir sur le chemin de la Tour. Le ciel obscur, dégagé, encadré par les étroites rangées de pins, reflétait toute l'immensité des cieux. Aucune frontière, aucune lumière artificielle masquant les milliers de minuscules points lumineux. Je voyais tout. Enfant, j'avais moi aussi cherché des étoiles filantes dans le ciel nocturne. Adulte, assise sur le toit de mon cottage non loin de l'anse, et plus tard, dans le terrain vague, j'avais cherché non seulement les étoiles filantes, mais les fixes, en essayant d'imaginer à quoi ressemblait la vie dans ces bâches célestes si loin de nous. Les étoiles que je voyais à présent semblaient étranges, éparpillées ici et là dans les ténèbres en constellations inconnues, alors que j'avais tiré réconfort la nuit précédente de leur familiarité. Était-ce la première fois que je les voyais clairement ? Se pouvait-il que je sois encore plus loin de chez moi que je le pensais ? La question n'aurait pas dû me procurer cette espèce de satisfaction lugubre.

Le battement de cœur m'est parvenu de plus loin, quand je suis entrée dans la Tour avec le masque bien noué sur le nez et la bouche. Je ne savais pas s'il me servait à empêcher une contamination supplémentaire ou seulement à essayer de contenir ma luminosité. La bioluminescence des mots sur le mur s'était accrue et la lueur des parties à nu de ma peau a semblé ne pas vouloir être en reste, éclairant mon chemin. À part ça, je n'ai senti aucune différence tandis que je dépassais les niveaux supérieurs. Si je les connaissais bien, désormais, l'impression de familiarité était contrebalancée par le fait peu réjouissant que je n'étais jamais descendue seule dans la Tour. À chaque tournant qui m'enfonçait dans davantage de ténèbres, que seule dissipait la lumière verte et granuleuse, je m'attendais de plus en plus à ce que quelque chose m'attaque en surgissant de l'ombre. Dans ces moments-là, la géomètre me manquait et je devais refouler mon sentiment de culpabilité. Et malgré ma concentration, j'ai constaté que les mots sur le mur m'attiraient, qu'ils ne cessaient de me faire revenir à eux même quand j'essayais de me focaliser sur les plus grandes profondeurs. *Il y aura dans la plantation dans les ombres une grâce et une clémence qui feront éclore de sombres fleurs, et leurs dents dévoreront et soutiendront et proclameront le passage d'une époque…*

Je suis arrivée plus vite que prévu à l'endroit où nous avions trouvé le corps de l'anthropologue. J'ai bizarrement été surprise qu'elle soit toujours là, au milieu de traces de son passage – des bouts de tissu, son sac à dos vide, deux flacons brisés –, la tête d'une forme anormale. Elle était recouverte d'un tapis animé constitué d'organismes pâles qui, comme je l'ai découvert en regardant de plus près, étaient les minuscules parasites en forme de main vivant au milieu des mots sur le mur. Impossible de dire s'ils la protégeaient, la transformaient ou décomposaient son corps… tout comme de savoir si une version de l'anthropologue était bel et bien apparue à la géomètre près du camp de base après mon départ pour le phare…

J'ai repris ma descente sans m'attarder.

À présent, le battement de cœur de la Tour semblait résonner et devenir plus fort. À présent, les mots au mur paraissaient de nouveau plus récents, comme s'ils venaient de « sécher » après création. Je me suis rendu compte que le battement de cœur masquait un bourdonnement, presque comme un bruit de parasites. La fragile odeur de renfermé a cédé la place à quelque chose de plus tropical et de plus écœurant. Je me suis aperçue que je transpirais. Plus important, la trace du Rampeur sous mes chaussures s'est faite plus fraîche, plus gluante, et j'ai essayé de l'éviter en

195

me rapprochant du mur à main droite. Ce mur-là avait changé aussi, en ce sens qu'il était couvert d'une fine couche de mousse ou de lichen. M'y plaquer le dos pour ne pas marcher sur la substance par terre ne me plaisait guère, mais je n'avais pas le choix.

Après environ deux heures de lente progression, le cœur de la Tour battait si fort qu'il semblait secouer les marches et le bourdonnement sous-jacent s'est fragmenté en un grésillement. Il résonnait dans mes oreilles, il faisait vibrer mon corps et j'avais les vêtements trempés de sueur du fait de l'humidité, le manque d'air me poussant presque à arracher mon masque pour essayer d'en inspirer. Mais j'ai résisté à la tentation. J'étais tout près. Je savais que j'étais tout près… de quoi, je n'en avais aucune idée.

Les mots à cet endroit du mur avaient été écrits depuis si peu de temps qu'ils semblaient baver, il y avait moins de créatures en forme de main et celles qui se manifestaient étaient fermées en poing, comme pas tout à fait vivantes ou réveillées. *Ce qui meurt connaîtra malgré tout la vie dans la mort car tout ce qui se décompose n'est pas oublié et les réanimés parcourront le monde dans une félicité de non-savoir…*

J'ai descendu une nouvelle volée de marches en colimaçon, et en pénétrant dans l'étroit passage rectiligne qui la séparait de la suivante… j'ai vu de la *lumière*. Les contours d'une lumière vive et dorée émanant d'un endroit caché par le mur, et la luminosité en moi a vibré et frissonné. Le bruit s'est de nouveau intensifié en un bourdonnement irrégulier et sifflant au point que je me suis demandé si mes oreilles n'allaient pas se mettre à saigner. Le battement de cœur par-dessus me tonnait dans tout le corps.

Je n'avais pas l'impression d'être une personne, mais une simple station réceptrice d'une série de transmissions oppressantes. Je sentais la luminosité me gicler de la bouche en fines gouttelettes quasi invisibles et se heurter au masque, que j'ai alors arraché d'un coup. *Rends à ce qui t'a donné*, m'est venue la pensée, sans savoir ce que je pourrais alimenter ni ce que ça signifiait pour l'ensemble de cellules et de pensées dont j'étais constituée.

Vous comprenez, je n'aurais pas davantage pu rebrousser chemin que rentrer à temps. Mon libre arbitre était compromis, ne serait-ce que par la forte tentation de l'inconnu. Si j'avais quitté cet endroit, si j'étais retournée à la surface sans prendre ce tournant... mon imagination m'aurait tourmentée jusqu'à la fin de mes jours. À ce moment-là, je m'étais convaincue que je préférais mourir en découvrant... quelque chose, peu importait *quoi*.

J'ai franchi le pas. Je suis descendue dans la lumière.

Une nuit, pendant mes derniers mois à Rock Bay, je me suis retrouvée extrêmement agitée. J'avais reçu confirmation que ma bourse ne serait pas renouvelée et n'avais encore aucun emploi en vue. J'avais ramené un autre étranger rencontré au bar pour essayer d'oublier dans quelle situation je me trouvais, mais il était parti depuis des heures. Je n'arrivais pas à me débarrasser de mon insomnie et j'étais encore ivre. J'ai pris la décision idiote et dangereuse d'aller en camionnette voir les bâches. Je voulais m'approcher subrepticement de toute cette vie cachée pour tenter de la prendre par surprise d'une manière ou d'une autre. Je m'étais mis en tête que les bâches changeaient pendant la nuit, quand personne ne regardait. Voilà peut-être ce qui vous arrive quand vous étudiez une chose depuis si longtemps que faire la différence entre deux anémones de mer ne vous prend qu'un instant et que, dans une séance d'identification d'un suspect, vous sauriez repérer aussitôt par quel résident de ces bâches a été commis le crime.

J'ai donc garé ma camionnette et gagné la plage caillouteuse en éclairant les méandres du chemin avec la minuscule torche attachée à mon porte-clés. J'ai ensuite pataugé dans les hauts-fonds et escaladé la nappe rocheuse. Je voulais vraiment me perdre. Toute ma vie, on m'a dit que je me maîtrisais trop, mais c'est complètement faux. Je ne me suis jamais vraiment maîtrisée, n'ai jamais voulu le faire.

Cette nuit-là, malgré les mille excuses que j'avais trouvées pour rejeter la faute sur autrui, je savais que j'avais merdé. En ne fournissant pas de comptes rendus. En ne m'en tenant pas au sujet de l'étude. En enregistrant d'étranges données de la périphérie. Rien de tout cela ne pouvait satisfaire l'organisation qui fournissait la subvention. J'étais la reine des bâches, ce que je disais était la loi, et ce dont je rendais compte était ce dont je voulais rendre compte. Je m'étais laissé égarer, comme toujours, parce que je me fondais dans mon environnement, n'arrivais pas en rester *séparée*, *distincte*, l'objectivité m'étant une contrée étrangère.

Je suis passée d'une bâche à l'autre avec ma pauvre petite torche, perdant cinq ou six fois l'équilibre et manquant tomber. S'il y avait eu quelqu'un en train de m'observer — et qui peut dire maintenant que personne ne m'observait? —, il aurait vu une imprudente biologiste à moitié ivre qui jurait, avait perdu le sens des proportions, se trouvait au milieu de nulle part pour la deuxième année d'affilée et se sentait vulnérable et seule, alors même qu'elle s'était promis de ne jamais se sentir seule. *Les choses qu'elle avait dites et faites considérées comme antisociales et égoïstes par la société.* Elle cherchait ce soir-là quelque chose dans les bâches alors même que ce qu'elle trouvait la journée était déjà miraculeux. Peut-être même criait-elle, hurlait-elle, virevoltait-elle sur cette roche glissante comme si les meilleures chaussures du monde ne pouvaient pas vous trahir, vous envoyer vous fendre le crâne par terre, vous garnir le front de patelles, de bernacles et de sang.

Mais le fait est que même si je ne le méritais pas — est-ce que je le méritais? et n'étais-je vraiment qu'en train de chercher quelque chose de familier? —, j'ai trouvé quelque chose de miraculeux, qui s'est révélé avec sa propre lumière. J'ai aperçu un miroitement, promesse précaire d'éclairage en provenance d'une des bâches les plus grandes, et ça m'a donné à réfléchir. Voulais-je vraiment un signe? Voulais-je vraiment faire une découverte ou bien croyais-je seulement le vouloir? Eh bien, j'ai décidé que je voulais en faire une, car je me suis dirigée vers cette bâche, soudain assez dégrisée pour faire attention où je mettais les pieds, pour avancer prudemment et ne pas me fendre le crâne avant d'avoir découvert ce qu'il y avait dans cette bâche.

Ce que j'ai découvert une fois penchée dessus, les mains sur mes genoux pliés, c'est une espèce rare d'énorme étoile de mer à six bras, plus grosse qu'une casserole et laissant échapper dans l'eau morte une couleur d'or sombre comme si elle était en feu. La plupart des professionnels comme moi évitent d'utiliser son nom scientifique, auquel ils préfèrent l'appellation plus appropriée de « destructeur de mondes ». Ce spécimen-ci était recouvert d'épais piquants et j'arrivais tout juste à voir sur les bords, frangés de vert émeraude, de très délicats cils transparents, par milliers, qui permettaient à l'animal de se déplacer à la recherche de proies : d'autres étoiles de mer, plus petites. Je n'avais encore jamais vu de destructeur de mondes, même en aquarium, et c'était tellement inattendu que j'ai oublié que la roche glissait et failli tomber en déplaçant mon point d'équilibre : j'ai dû m'appuyer d'une main au bord de la bâche.

Mais plus je l'observais, moins je trouvais l'échinoderme compréhensible. Plus il me devenait étranger et plus j'avais l'impression de ne rien savoir... sur la nature ou sur les écosystèmes. Quelque chose dans mon humeur et son noir éclat éclipsait le sens, me faisait considérer cet animal, à qui on avait bel et bien attribué une place dans la taxonomie – on l'avait fiché, étudié et décrit –, comme irréductible à tout cela. Et si je continuais à regarder, je savais que je finirais par devoir reconnaître que j'en savais également moins que rien sur moi-même, que ce soit là mensonge ou vérité.

Quand j'ai enfin réussi à m'arracher à l'observation de l'étoile de mer, je n'aurais pu dire, en me relevant, où se rencontraient le ciel et la mer ni si j'étais face à l'eau ou à la rive. Je divaguais complètement, j'étais bouleversée et je n'avais à ce moment-là d'autre point de repère que ce signal lumineux à mes pieds.

Prendre ce tournant pour faire la connaissance du Rampeur était une expérience du même genre, à la magnitude 1000. Si sur ces rochers, tant d'années auparavant, je ne pouvais faire la différence entre l'océan et la rive, ici dans la Tour, je ne pouvais pas la faire entre les marches et le plafond, et alors que je m'étais appuyée d'un bras au mur, celui-ci semblait se creuser pour fuir mon contact, si bien que j'ai failli tomber à travers.

Dans ces profondeurs, je ne parvenais pas à comprendre ce que j'avais sous les yeux et aujourd'hui encore, j'ai beaucoup de difficultés à le reconstituer. À dire quels vides mon esprit est peut-être en train de combler rien que pour ôter le poids de tant d'inconnues.

Ai-je dit avoir vu une lumière dorée? Dès le tournant pris, elle n'était plus dorée mais bleu-vert et cette lueur bleu-vert ne ressemblait à rien de ce que j'avais connu. Elle jaillissait, aveuglante, dégoulinante, dense, étagée, fascinante. Elle a submergé ma capacité à appréhender les formes qu'elle renfermait au point que j'ai dû me forcer à ne plus voir, à me concentrer d'abord sur ce que me signalaient mes autres sens.

Le bruit qui me parvenait à présent était comme un crescendo de glace ou de cristaux de glace se brisant pour produire un son surnaturel que j'avais à tort pris jusque-là pour un bourdonnement et qui m'emplissait désormais le cerveau d'une mélodie et d'un rythme intenses. Vaguement, d'un endroit au loin, je me suis rendu compte qu'un son imprégnait aussi les mots sur le mur, mais que je n'avais pas eu jusqu'alors la capacité de l'entendre. Cette vibration avait une texture et un poids, et avec elle m'est parvenue une odeur de brûlé, comme celle de feuilles de fin d'automne ou d'un gros moteur sur le point de surchauffer dans le lointain. Le goût sur ma langue évoquait de l'eau salée en flammes.

Aucun mot ne peut… aucune photo ne pourrait…

Pendant que je m'adaptais à la lumière, le Rampeur ne cessait de changer à toute vitesse, comme pour se moquer de ma capacité à le comprendre. C'était une silhouette dans une série de panneaux de verre réfractés. C'était une série de strates en forme de porche. C'était un énorme monstre genre limace entouré de satellites de créatures encore plus étranges. C'était une étoile luisante. Mes yeux ne cessaient de s'en détourner comme si un nerf optique ne suffisait pas.

Il est alors devenu une écrasante *énormité* dans ma vision malmenée, semblant monter et monter encore tandis qu'il bondissait dans ma direction. Sa forme s'est étendue jusqu'à ce qu'il soit même là où il n'était pas ou *n'aurait pas dû être*. Il ressemblait désormais davantage à une espèce d'obstacle, de mur ou d'épaisse porte fermée en travers des marches. Pas une muraille de lumière – dorée, bleue, verte, existant dans un autre spectre –, mais de chair qui *ressemblait* à de la lumière, avec à l'intérieur des éléments pointus et recourbés, des textures comme la glace formée à partir d'eau vive. Il donnait l'impression que des choses vivantes flottaient paresseusement dans l'air autour de lui comme des têtards mous, mais aux limites de mon champ de vision, aussi ne pouvais-je dire si elles s'apparentaient à ces taches sombres qu'on voit flotter dans l'œil alors qu'elles n'existent pas.

Dans cette masse fracturée, dans toutes ces différentes impressions du Rampeur – qu'à moitié aveuglée, je continuais à repérer avec mes autres sens –, j'ai cru voir l'ombre d'un bras ou d'une espèce d'*écho* de bras rendu flou par son mouvement incessant, perpétuellement en train de transmettre au mur à main gauche une répétition de profondeur et de signal qui rendait ses progrès laborieux... son message, son code de changement, de recalibrages et d'ajustements, de transformations. Et, peut-être, au-dessus du bras, une autre ombre noire, plus ou moins en forme de tête... mais aussi indistincte que si, nageant dans une eau boueuse, je voyais une forme au loin cachée par des algues épaisses.

J'ai alors essayé de reculer, de remonter. Mais je n'ai pas pu. Soit le Rampeur m'avait piégée, soit mon cerveau m'avait trahie, mais je ne pouvais plus bouger.

Le Rampeur a changé, ou bien je me mettais à perdre et reprendre connaissance en boucle. Il semblait ne rien y avoir, à cet endroit, rien du tout, comme si les mots s'écrivaient tout seuls, puis le Rampeur apparaissait en frémissant avant de disparaître de nouveau, ne laissant comme seules constantes la trace d'un bras et l'impression de mots en cours d'écriture.

Que peut-on faire quand vos cinq sens ne suffisent pas ? Parce que je ne le *voyais* toujours pas vraiment, pas davantage que je ne l'avais vu au microscope, et c'est ce qui m'effrayait le plus. Pourquoi est-ce que je ne le *voyais* pas ? En esprit, je me penchais sur l'étoile de mer à Rock Bay et celle-ci grossissait, grossissait jusqu'à ne plus être uniquement la bâche mais le monde, et je vacillais sur sa lumineuse et irrégulière surface, les yeux encore une fois levés vers le ciel nocturne, tandis que sa lumière filait vers le haut et me traversait.

Résistant à l'énorme pression de cette lumière, comme si le poids tout entier de la Zone X était concentré là, j'ai changé de tactique en essayant de ne me concentrer que sur la création des mots au mur, l'impression d'une tête, d'un casque ou de… de quoi ?… au-dessus du bras. Un flot d'étincelles que je savais être des organismes vivants. Un nouveau mot sur le mur. Et moi qui ne voyais toujours pas, et la luminosité lovée en moi s'est faite presque discrète, comme si nous étions à l'intérieur d'une cathédrale.

L'énormité de cette expérience s'est mêlée au battement de cœur et au crescendo du bruit incessant de l'écriture sur le mur pour me remplir jusqu'à ce qu'il ne me reste plus de place. Ce moment-*là*, que j'attendais peut-être sans le savoir depuis toujours, ce moment d'une rencontre avec la chose la plus belle et la plus terrible que je connaîtrais peut-être jamais, ce moment me dépassait. Quel matériel d'enregistrement inadapté que celui que j'avais apporté et quel nom inadapté que celui que j'avais choisi pour lui… le Rampeur. Le temps s'est allongé, n'a été rien d'autre que du combustible pour les mots créés par cette chose sur les murs pendant on ne sait combien d'années et dans on ne sait quel but.

J'ignore combien de temps je suis restée là figée à regarder le Rampeur. Je l'ai peut-être observé pendant une éternité sans jamais remarquer l'horrible passage des ans.

Mais après?

Qu'arrive-t-il après la révélation et la paralysie?

Soit la mort, soit un lent et incontestable dégel. Un retour au monde physique. Non que je me sois habituée à la présence du Rampeur, mais j'ai atteint un stade – un seul et infinitésimal instant – où je me suis de nouveau rendu compte que le Rampeur était un organisme. Un organisme complexe, unique, ardu, impressionnant et dangereux. Peut-être inexplicable. Peut-être hors de portée de mes sens – ou de ma science, ou de mon intelligence –, mais je continuais de me croire en présence d'une espèce de créature vivante, d'une créature qui pratiquait le mimétisme en se servant de mes propres pensées. Car même à ce moment-là, je croyais qu'elle tirait de mon esprit ces différentes impressions d'elle-même pour me les projeter, en une espèce de camouflage. Pour contrarier la biologiste en moi, pour frustrer la logique qui subsistait en moi.

Au prix d'un effort que j'ai perçu dans le gémissement de mes membres, un déboîtement dans mes os, j'ai réussi à tourner le dos au Rampeur.

Cet acte simple et déchirant a été à lui seul un énorme soulagement, tandis que je me plaquais au mur opposé dans toute sa rugosité glacée. J'ai fermé les yeux – à quoi pouvaient-ils me servir puisqu'ils ne faisaient que me trahir? – et commencé à remonter en marchant comme un crabe et sans cesser de sentir la lumière dans mon dos. De sentir la musique venue des mots. Le pistolet, que j'avais complètement oublié, me rentrait dans la hanche. L'idée même d'un *pistolet* semblait à présent aussi pitoyable et inutile que le mot *échantillon*. L'un et l'autre impliquaient de viser quelque chose. Qu'y avait-il à viser?

Je n'avais fait qu'un ou deux pas quand j'ai eu l'impression d'un accroissement de température et de poids, accompagnée d'une espèce d'humidité du genre clapotis, comme si la lumière dense devenait la mer elle-même. Je m'étais plus ou moins crue sur le point de m'échapper, mais ce n'était pas le cas. Un seul pas de plus, et je me suis mise à m'étouffer, m'apercevant que la lumière était bel et bien devenue une mer.

D'une certaine manière, même si je n'étais pas vraiment sous l'eau, je coulais.

La frénésie qui a enflé en moi était l'horrible panique confuse d'une enfant qui, tombée dans une fontaine, comprend pour la première fois, en sentant ses poumons se remplir d'eau, qu'elle pourrait mourir. Il n'y avait pas de fin à ça, aucun moyen de contournement. J'étais sous la surface d'un épais océan bleu-vert illuminé d'étincelles. Et je continuais à me noyer et à me battre contre cette noyade, jusqu'à ce qu'une partie de moi se rende compte que je me noierais jusqu'à la fin des temps. Je me suis imaginée dégringoler des rochers, tomber, me faire malmener par les vagues. M'échouer à des milliers de kilomètres de là, méconnaissable, sous une autre forme, mais toujours avec l'horrible souvenir de ce moment.

J'ai ensuite eu l'impression derrière moi de centaines d'yeux se tournant dans ma direction, m'observant. J'étais dans une piscine une chose observée par une fillette monstrueuse. J'étais dans un terrain vague une souris pourchassée par un renard. J'étais la proie que l'étoile de mer avait atteinte et tirée dans la bâche.

Dans un compartiment étanche, la luminosité m'a dit que je devais accepter de ne pas survivre à cet instant. Je voulais vivre, vraiment. Mais je ne pouvais plus le faire. Je ne pouvais même plus respirer. J'ai donc ouvert la bouche et accueilli l'eau, accueilli le torrent. Sauf que ce n'était pas vraiment de l'eau. Tout comme les yeux posés sur moi n'en étaient pas, et j'étais à présent immobilisée là par le Rampeur, je l'avais laissé entrer, m'apercevais-je, afin d'être l'objet de toute son attention et je ne pouvais plus bouger, plus penser, impuissante et seule.

Une violente cascade s'est écrasée sur mon esprit, mais l'eau était constituée de doigts, cent doigts qui tâtaient et s'enfonçaient dans la peau de mon cou, puis remontaient brutalement à travers l'os occipital jusque dans le cerveau... la pression a ensuite diminué même si j'ai continué à percevoir une force illimitée, et pendant un temps, me noyant toujours, un calme glacé m'a envahie, et à travers ce calme a percé une espèce de monumentale lumière bleu-vert. J'ai senti une odeur de brûlé à l'intérieur de ma propre tête et il y a eu un moment où j'ai hurlé, mon crâne réduit en miettes et réassemblé fragment par fragment.

Il y aura un feu qui connaît ton nom, et en présence du fruit étrangleur, sa flamme sombre s'emparera de chaque partie de toi.

Jamais je n'avais ressenti une douleur aussi atroce, comme si on m'enfonçait continuellement une tige métallique dans le corps et que la douleur se répartissait ensuite partout en moi juste sous la peau. Tout s'est teinté de rouge. J'ai perdu connaissance. J'ai repris connaissance. Perdu et repris connaissance de nouveau, reperdu connaissance, toujours en perpétuelle recherche d'air, les jambes en coton, essayant à tâtons de m'appuyer au mur. Ma bouche s'est ouverte si grand pour hurler qu'il y a eu un petit claquement dans ma mâchoire. Je crois que j'ai arrêté de respirer pendant une minute, mais la luminosité en moi n'a pas connu une telle interruption. Elle a tout simplement continué de m'oxygéner le sang.

Puis l'horrible caractère invasif a disparu, arraché, tout comme la sensation de noyade et l'épaisse mer qui m'avait entourée. Il y a eu une *poussée* et le Rampeur m'a rejetée plus bas sur les marches derrière lui. J'ai échoué là, contusionnée, effondrée. Sans rien à quoi m'appuyer, je me suis affaissée comme un sac, affaissée devant quelque chose qui n'était pas destiné à exister, qui n'était pas destiné à m'envahir. J'ai inspiré à grandes goulées frémissantes.

Mais je ne pouvais pas rester là, me trouvant toujours dans les limites de son attention. Je n'avais plus le choix. La gorge irritée, le ventre comme éviscéré, je me suis jetée dans les ténèbres sous le Rampeur, d'abord à quatre pattes, pour essayer désespérément de m'échapper, prise du besoin aveugle et paniqué qu'il ne me voie plus.

C'est uniquement quand la lumière a diminué dans mon dos que je me suis sentie en sécurité, que je me suis de nouveau laissé tomber sur le sol. Je suis restée longtemps ainsi. Apparemment, j'étais désormais reconnaissable par le Rampeur. Apparemment, j'étais des mots qu'il pouvait comprendre, contrairement à l'anthropologue. Je me suis demandé si mes cellules seraient capables de me cacher longtemps leur transformation. Je me suis demandé si c'était le début de la fin. Mais j'ai surtout été extrêmement soulagée d'avoir réussi une épreuve, ne serait-ce que de justesse. La luminosité au fond de moi était recroquevillée, traumatisée.

Peut-être ma seule véritable compétence, mon seul talent, est-il de supporter au-delà du supportable. Je ne sais pas à quel moment j'ai réussi à me relever, à repartir, les jambes flageolantes. Je ne sais pas combien de temps ça a pris, mais j'ai fini par me remettre debout.

L'escalier en colimaçon a cessé de tourner peu après, ce qui s'est accompagné d'une diminution brutale de l'étouffante humidité, d'une disparition des minuscules créatures vivant sur le mur et, au-dessus de moi, d'un assourdissement des bruits du Rampeur. Si je continuais à voir les fantômes d'anciens griffonnages sur le mur, même ma propre luminescence s'est atténuée. Je me méfiais de cette dentelle de mots, comme s'ils avaient le moyen de me blesser aussi sûrement que le Rampeur, pourtant les suivre était assez réconfortant. Je trouvais les variations plus lisibles et plus intelligibles, à cet endroit. *Et il est venu pour moi. Et il a chassé tout le reste.* Écrit encore et encore. Les mots étaient-ils là davantage nus, ou bien détenais-je désormais davantage de connaissances?

Je n'ai pu m'empêcher de remarquer que ces nouvelles marches avaient presque exactement la même hauteur et la même profondeur que celles du phare. Au-dessus de ma tête, le plafond n'était plus lisse, mais creusé d'un profond entrelacs de sillons courbes.

Je me suis arrêtée pour boire de l'eau. Je me suis arrêtée pour reprendre ma respiration. Le choc de ma rencontre avec le Rampeur continuait à déverser ses secousses sur moi. Quand je me suis remise en marche, ça a été avec la vague conscience qu'il pourrait rester d'autres révélations à absorber, que je devais m'y préparer. D'une manière ou d'une autre.

Quelques minutes plus tard, un minuscule pavé de lumière floue a commencé à prendre forme, à se dessiner beaucoup plus bas. Au fur et à mesure que je descendais, il a grossi avec une réticence que je ne peux que qualifier d'hésitation. Au bout d'une demi-heure, j'ai pensé qu'il devait s'agir d'une espèce de porte, mais le flou persistait, comme si la chose se cachait.

Plus j'approchais, alors qu'elle était encore loin, plus je trouvais à cette porte une ressemblance troublante avec celle que j'avais vue en allant de la frontière au camp de base, quand j'avais jeté un coup d'œil dans mon dos. Réaction qui tenait à son manque de netteté, très spécifique.

Durant trente minutes, j'ai alors commencé à ressentir un besoin instinctif de faire demi-tour, que j'ai jugulé en me disant que je ne pouvais pas faire une nouvelle fois face au voyage du retour et au Rampeur. Mais regarder les sillons au plafond était douloureux, comme s'ils étaient creusés sur mon propre crâne et retracés en permanence. Ils s'étaient transformés en lignes d'une force de répulsion. Une heure plus tard, alors que ce pavé blanc miroitant grossissait sans devenir plus net, j'ai été envahie par un tel sentiment d'*erreur* que j'en ai eu la nausée. J'ai de plus en plus eu la sensation d'un *piège*, celle que cette lumière flottant dans les ténèbres n'était pas une porte mais la gueule d'une bête, et que si je la traversais, je me ferais dévorer.

J'ai fini par m'arrêter. Les mots ont continué avec obstination vers le bas et j'ai estimé que je me trouvais à cinq ou six cents mètres maximum au-dessus de la porte. Elle resplendissait désormais à mes yeux ;

en la regardant, je sentais sa lumière me picoter la peau comme si j'attrapais un coup de soleil. Je voulais continuer, mais je ne pouvais pas le faire. Je ne pouvais pas imposer à mes jambes de continuer, à mon esprit de surmonter la peur et l'inquiétude. Même l'absence temporaire de la luminosité, comme si elle se cachait, déconseillait de poursuivre.

Je suis restée un certain temps, assise sur les marches, à regarder la porte. J'ai craint que cette sensation soit un reste de compulsion hypnotique, que même morte, la psychologue ait trouvé un moyen de me manipuler. Peut-être y avait-il une espèce d'ordre ou de directive encodée que mon infection n'avait pu contourner ou annuler. Étais-je dans les derniers stades d'une forme prolongée d'annihilation ?

Mais la raison n'avait aucune importance. Je savais que je n'atteindrais jamais la porte. Mon mal au cœur s'intensifierait à me paralyser et je ne retrouverais jamais la surface, yeux coupés et aveuglés par les sillons du plafond. Je resterais coincée sur les marches, exactement comme l'anthropologue, et mon échec à reconnaître l'impossible serait presque aussi patent que le leur, la psychologue et elle. J'ai donc fait demi-tour et, dans de grandes souffrances, en ayant l'impression d'avoir abandonné là une partie de moi-même, je me suis mise à remonter comme je pouvais, l'image d'une vague porte lumineuse aussi grande dans mon imagination que l'immensité du Rampeur.

Je me souviens avoir senti, au moment où je rebroussais chemin, quelque chose en train de me regarder depuis la porte en bas, mais un coup d'œil par-dessus mon épaule ne m'a montré que le halo familier de lumière blanche.

J'aimerais pouvoir dire que le reste du trajet est flou pour moi, comme si j'étais bel et bien la flamme vue par la psychologue et que ce qui m'entourait me parvenait à travers ma propre combustion. J'aimerais que ce qui vienne ensuite soit le soleil et la surface. Mais alors que j'avais gagné le droit que ce soit terminé… ce n'était pas terminé.

Je me souviens de chacun des pas que j'ai faits dans la peur et la douleur, de chaque instant de la remontée. Je me souviens m'être arrêtée avant de prendre le tournant où se trouvait encore le Rampeur, toujours occupé et incompréhensible dans sa tâche. Ne sachant pas trop si je supporterais une nouvelle excavation de mon esprit. Ne sachant pas trop si la sensation de noyade n'allait pas me rendre folle, cette fois, même si la raison me répétait qu'il s'agissait d'une illusion. Mais sachant par ailleurs que plus je m'affaiblissais, plus mon esprit me trahirait. Il serait bientôt facile de battre en retraite dans les ombres, de devenir une *coquille* hantant les marches d'en bas. Peut-être n'aurais-je jamais davantage de force ou de résolution à ma disposition qu'à ce moment-là.

J'ai cessé de m'accrocher à Rock Bay et à l'étoile de mer dans sa bâche. À la place, j'ai pensé au journal de mon mari. J'ai pensé à mon mari, dans un bateau, quelque part au nord. J'ai pensé que tout était au-dessus, qu'il n'y avait plus rien en dessous.

Je me suis donc plaquée de nouveau au mur. J'ai donc de nouveau fermé les yeux. J'ai donc de nouveau subi la lumière, j'ai tressailli et gémi en m'attendant à ce que la mer se rue dans ma bouche, à ce que mon crâne se fende… mais il ne s'est rien passé de tout ça. Rien, et je ne sais pas pourquoi, sinon que m'ayant examinée et sondée, m'ayant déjà relâchée une fois sur la base de critères inconnus, le Rampeur ne manifestait plus aucun intérêt pour moi.

J'étais au-dessus de lui, presque hors de vue, quand une partie têtue en moi a tenu à prendre le risque de jeter un coup d'œil en arrière. Un dernier et peu avisé coup d'œil de défi à quelque chose qui échapperait peut-être toujours à ma compréhension.

Me rendant mon regard au milieu de cette profusion de moi générés par le Rampeur, j'ai vu, à peine visible, le visage d'un homme, baignant dans l'ombre et autour duquel gravitaient d'indescriptibles choses ne pouvant selon moi être que ses geôliers.

Ce visage exprimait si ouvertement une émotion d'une telle complexité et d'une telle intensité que j'en suis restée figée. J'ai lu sur ces traits une douleur et un chagrin sans fin, oui, mais aussi une espèce de satisfaction et d'*extase* lugubres. Je n'avais jamais vu une telle expression, mais j'ai reconnu ce visage. Je l'avais vu sur une photographie. *Un regard perçant d'aigle luisait dans un visage lourd à l'œil gauche tellement plissé qu'on ne le voyait plus. Une épaisse barbe mangeait ce visage, laissant seulement soupçonner un menton volontaire.*

Piégé à l'intérieur du Rampeur, le dernier gardien du phare m'observait avec entre nous, semblait-il, non seulement un grand gouffre infranchissable, mais aussi des dizaines d'années. Car bien que plus mince – les yeux davantage enfoncés dans les orbites, la mâchoire plus affirmée –, il n'avait pas vieilli d'un seul jour depuis celui où la photographie avait été prise, plus de trente ans auparavant. Cet homme qui existait à présent dans un endroit qu'aucun de nous ne pouvait concevoir.

Savait-il ce qu'il était devenu, ou avait-il depuis long-temps sombré dans la folie? Me voyait-il vraiment?

Je ne sais pas depuis combien de temps il me regardait, m'observait, avant que je le voie en me retournant. Ni même s'il existait avant que je le voie. Mais il était réel, pour moi, même si je n'ai soutenu son regard que très peu de temps, trop peu de temps, si bien que je ne peux pas dire que quelque chose soit passé entre nous. Combien de temps aurait-il fallu pour ça? Je ne pouvais *rien* faire pour lui, et il ne restait de place en moi que pour ma propre survie.

Il peut y avoir bien pire que la noyade. J'ignorais ce qu'il avait perdu, ou peut-être gagné, au cours des trente dernières années, mais je ne lui enviais pas du tout ce voyage.

Je n'ai jamais rêvé avant la Zone X, du moins, je ne me souvenais jamais de mes rêves. À ce que m'a dit un jour mon mari, pour qui c'était étrange, ça pouvait signifier que je vivais dans un rêve perpétuel dont je ne m'étais jamais réveillée. Peut-être plaisantait-il, peut-être pas. Après tout, un cauchemar l'avait lui-même hanté pendant des années, l'avait marqué avant de l'abandonner à jamais une fois démasqué comme une façade. *Une maison, un sous-sol et les crimes affreux qui y avaient été commis.*

Mais j'avais eu une journée épuisante au travail, aussi l'ai-je pris au sérieux. D'autant plus qu'il parti-rait la semaine suivante avec l'expédition.

« On vit tous dans une espèce de rêve perpétuel, lui ai-je répondu. On se réveille seulement parce que quelque chose, un événement, peut-être même une piqûre d'épingle, perturbe les frontières de ce que nous prenons pour la réalité.

— Suis-je donc une piqûre d'épingle qui perturbe les frontières de ta réalité, Oiseau Fantôme ? » a-t-il demandé avec un désespoir que, cette fois, j'ai discerné.

« Oh, c'est reparti avec ces taquineries d'oiseau fantôme ? » J'ai haussé un sourcil. Je ne me sentais pas aussi détendue que ça. J'avais mal au cœur, mais il me semblait important d'être normale pour lui. Plus tard, quand il est revenu et que j'ai vu ce que pouvait être le normal, j'ai regretté de ne pas avoir été anormale, de ne pas avoir crié, de n'avoir eu que des réactions banales.

« Je suis peut-être qu'un produit de ta réalité, a-t-il dit. Je n'existe peut-être que pour faire tes quatre volontés.

— Dans ce cas, c'est un échec total », ai-je répondu en allant dans la cuisine prendre un verre d'eau. Lui-même avait entamé son deuxième verre de vin.

« Ou bien une réussite spectaculaire, parce que tu veux que j'échoue », a-t-il répliqué, mais avec le sourire.

Il s'est approché par-derrière pour me serrer contre lui. Il avait de gros avant-bras et un large torse. Il avait des mains désespérément masculines, comme quelque chose qui devrait vivre dans une grotte, d'une force ridicule, et elles lui étaient bien utiles pour la voile. L'odeur de caoutchouc antiseptique du sparadrap émanait de lui comme une eau de Cologne particulièrement mielleuse. C'était un gros sparadrap posé directement sur la plaie.

« Oiseau Fantôme, où serais-tu si nous n'étions pas ensemble ? »

Je n'avais pas de réponse à cette question. *Pas ici. Pas là non plus. Peut-être nulle part.*

Puis : « Oiseau Fantôme ?

— Oui, ai-je répondu, résignée à mon surnom.

— Oiseau Fantôme, j'ai peur, ces temps-ci. J'ai peur et j'ai un truc égoïste à demander. Un truc que je n'ai aucun droit de demander.

— Fais-le quand même. » J'étais toujours en colère, mais durant les jours précédents, je m'étais résignée à ma perte, l'avais compartimentée afin de ne pas cacher mon affection à mon mari. Il y avait aussi une partie de moi-même que la perte systématique de mes affectations de terrain faisait enrager, qui lui jalousait cette occasion. Qui se réjouissait du terrain vague parce qu'il était pour moi seule.

« Viendras-tu à ma recherche si je ne reviens pas ? Si c'est possible pour toi ?

— Tu reviendras », lui ai-je dit. Pour t'asseoir là, comme un golem, vidé de tout ce que je sais de toi.

J'aimerais tant, au-delà du raisonnable, lui avoir répondu, même par la négative. Et comme j'aimerais à présent – même si ça n'a jamais été possible – qu'en fin de compte, je sois bel et bien allée dans la Zone X pour lui.

Une piscine. Une anse rocheuse. Un terrain vague. Une tour. Un phare. Ces choses sont réelles et irréelles. Elles existent et n'existent pas. Je les recrée dans mon esprit à chaque nouvelle pensée, à chaque détail dont je me souviens, et elles sont chaque fois un peu différentes. Parfois, elles sont camouflage ou déguisement. Parfois, elles sont quelque chose de plus fidèle.

Quand j'ai fini par arriver à la surface, je me suis allongée au sommet de la Tour, trop épuisée pour bouger, souriant du plaisir simple et inattendu que procurait la chaleur du soleil matinal sur mes paupières. Même à ce moment-là, je ne cessais de ré-imaginer le monde, le gardien du phare colonisant mes pensées. Je ressortais sans arrêt la photographie de ma poche pour le dévisager, comme s'il détenait d'autres réponses qui m'échappaient encore.

Je voulais savoir – j'avais besoin de savoir – que je l'avais bel et bien vu, lui et non une apparition produite par le Rampeur, et je me cramponnais à tout ce qui m'aiderait à y croire. Ce n'était pas la photographie qui me convainquait le plus, mais l'échantillon prélevé par l'anthropologue sur le Rampeur et qui s'était révélé constitué de tissu cérébral humain.

Avec cette ancre, alors que je me levais pour retourner une fois encore au camp de base, j'ai donc commencé à imaginer de mon mieux un récit pour le gardien du phare. Tâche difficile, car je ne savais rien de sa vie, n'avais aucun de ces indicateurs qui auraient pu me permettre de l'imaginer. Je n'avais qu'une photographie et cet instant terrible où je l'avais aperçu à l'intérieur de la Tour. Une seule pensée me venait en tête : peut-être était-ce un homme qui avait mené auparavant une existence normale, mais aucun de ces rituels familiers qui définissaient le normal n'avait eu la moindre permanence... ou ne l'avait aidé. Il s'était fait prendre dans une tempête qui continuait de faire rage. Peut-être même l'avait-il vue venir, du sommet du phare, l'Événement arrivant comme une espèce de vague.

Et qu'est-ce qui s'était manifesté ? Qu'est-ce qui selon moi s'est manifesté ? Voyez ça comme une épine, par exemple, une longue et grosse épine, si grosse qu'elle est profondément enfoncée dans le flanc du monde. Elle s'insère dans le monde. Et de cette gigantesque épine émane un besoin incessant, peut-être machinal, d'assimiler et d'imiter. Assimilateur et assimilés interagissent par le catalyseur de mots écrits, qui alimentent le moteur de la transformation. Peut-être est-ce une créature vivant en symbiose parfaite avec une foule d'autres créatures. Peut-être est-ce « seulement » une machine. Mais dans un cas comme dans l'autre, si la chose est intelligente, son intelligence est très différente de la nôtre. Elle crée à partir de notre écosystème un nouveau monde, dont les processus et les buts nous sont totalement étrangers... un monde qui fonctionne par de suprêmes actes de renvoi de reflets, et en restant caché de tant d'autres manières, tout cela sans livrer les fondations de son *altérité* pendant qu'il devient ce qu'il rencontre.

Je ne sais pas comment cette épine est arrivée là ni si elle vient de loin, mais imaginez les expéditions – douze, cinquante ou cent, peu importe – qui ne cessent d'entrer en contact avec cette ou ces entité(s), qui ne cessent de devenir pâture, d'être transformées. Ces expéditions qui arrivent par un point d'accès sur une mystérieuse frontière, un point d'accès qui se reflète (peut-être) au fin fond de la Tour. Imaginez ces expéditions, puis admettez que *toutes existent encore* sous une forme ou une autre dans la Zone X, même celles qui sont revenues, surtout celles qui sont revenues : superposées, se servant du moyen de communication qu'il leur reste. Imaginez que cette communication contribue parfois à l'impression d'étrangeté du paysage à cause du narcissisme de notre regard humain, mais que c'est simplement une partie du monde naturel d'ici. Je ne saurai peut-être jamais ce qui a provoqué la création des sosies, et ça n'a d'ailleurs pas forcément d'importance.

Imaginez, aussi, que pendant que la Tour fait et refait le monde de son côté de la frontière, elle envoie peu à peu toujours davantage d'émissaires de l'autre côté de celle-ci afin qu'ils se mettent à l'œuvre dans les jardins enchevêtrés et les champs en jachère. *Comment ça voyage et à quelle distance ? Quelle étrange matière se mêle et se mélange ?* Quelque part dans l'avenir, peut-être l'infiltration atteindra-t-elle même une certaine nappe rocheuse sur la côte, germera-t-elle tranquillement dans ces bâches que je connais si bien. À moins, bien entendu, que je me trompe en pensant la Zone X en train de sortir de son sommeil, de changer, de devenir *différente* de ce qu'elle était.

Le plus terrible, la pensée qui m'obsède après tout ce que j'ai vu : je ne peux plus dire avec conviction que c'est une mauvaise chose. Pas en comparant le caractère immaculé de la Zone X au monde de l'autre côté de la frontière, que nous avons tant abîmé. Avant de mourir, la psychologue a dit que j'avais changé et il me semble qu'elle voulait dire que j'avais *changé de camp*. Ce n'est pas vrai – je ne sais même pas s'il y a des camps, ni en quoi ils consisteraient –, mais ça *pourrait* être vrai. Je vois maintenant que je pourrais être convaincue. Une personne superstitieuse ou croyante, quelqu'un qui croit aux anges ou aux démons, risquerait de voir les choses d'un autre œil. Comme à peu près n'importe qui. Mais je ne suis pas ces gens. Je ne suis que la biologiste : je n'exige pas que quoi que ce soit ait un sens plus profond.

J'ai conscience que toutes ces conjectures sont incomplètes, inexactes, imprécises et inutiles. Si je n'ai pas de véritables réponses, c'est parce que nous ne savons toujours pas quelles questions poser. Nos instruments sont inutiles, notre méthodologie fautive, nos motivations égoïstes.

Il ne reste plus grand-chose à vous raconter, même si je ne l'ai pas tout à fait raconté comme il faut. Mais j'arrête d'essayer. En sortant de la Tour, je suis retournée un peu au camp de base, puis je suis venue ici, au sommet du phare. J'y ai passé quatre longues journées à rédiger ce compte rendu que vous avez sous les yeux, avec tous ses défauts, et il est complété par un second journal qui documente toutes mes découvertes sur les divers échantillons prélevés par moi-même comme par les autres membres de l'expédition. J'ai même écrit un mot pour mes parents.

J'ai attaché ces écrits au journal de mon mari et je laisserai le tout ici, au sommet du tas sous la trappe. La table et la carpette ont été déplacées afin que n'importe qui puisse trouver ce qui est caché. J'ai aussi remis la photographie du gardien du phare dans son cadre que j'ai raccroché au mur du palier.

J'ai ajouté un second cercle autour de son visage : je n'ai pas pu m'en empêcher.

Si les indices dans les journaux sont fiables, quand le Rampeur terminera son dernier cycle à l'intérieur de la Tour, la Zone X entrera dans une saison agitée de barricades et de sang, une espèce de mue cataclysmique, si vous voulez le voir ainsi. Peut-être même provoquée par la diffusion des spores activées jaillissant des mots écrits par le Rampeur. Ces deux dernières nuits, j'ai vu un cône d'énergie monter de plus en plus haut au-dessus de la Tour pour se répandre dans la nature. Même si rien n'est encore sorti de la mer, des silhouettes sorties du village dévasté se sont dirigées vers la Tour. Du camp de base, aucun signe de vie. Sur la plage en bas, il ne reste même pas une chaussure de la psychologue, qui semble s'être fondue dans le sable. Nuit après nuit, la créature qui gémit me fait savoir qu'elle garde sa domination sur son royaume de roseaux.

Ces observations ont étouffé les dernières braises de mon irrésistible compulsion à *tout savoir*… tout… à sa place subsiste la conscience que la luminosité n'en a pas fini avec moi. Ce n'est que le commencement, et l'idée de me faire du mal en permanence pour rester humaine semble pitoyable, quelque part. Je ne serai pas ici quand la treizième expédition arrivera au camp de base. (M'a-t-elle déjà vue ou est-elle sur le point de me voir ? Vais-je me fondre dans ce paysage ou bien, en levant les yeux dans un bosquet de roseaux ou les eaux du canal, voir un autre explorateur baisser d'un air incrédule les siens sur moi ? Aurai-je conscience que quelque chose ne va pas ou n'est pas à sa place ?)

Je prévois de poursuivre dans la Zone X, d'aller aussi loin que je peux avant qu'il soit trop tard. Je remonterai la côte à la suite de mon mari, je dépasserai même l'île. Je ne crois pas que je le retrouverai – je n'ai pas besoin de le retrouver –, mais je veux voir ce qu'il a vu. Je veux ressentir une proximité avec lui, comme s'il était dans la même pièce que moi. Et, pour tout dire, je n'arrive pas à me débarrasser de l'impression qu'il est *toujours là*, quelque part, mais peut-être complètement transformé… dans l'œil d'un dauphin, dans le contact d'une mousse soulevée, partout et n'importe où. Peut-être même, avec de la chance, trouverai-je un bateau abandonné sur une plage déserte, ainsi qu'un indice de ce qui s'est passé ensuite. Ça me suffirait peut-être, même sachant ce que je sais.

Cette partie-là, je la ferai seule, en vous laissant là. Ne me suivez pas. Je suis beaucoup plus loin que vous, à présent, et j'avance très vite.

Y a-t-il toujours eu quelqu'un comme moi pour enterrer les corps, pour avoir des regrets, pour continuer une fois tout le monde mort ?

Je suis la dernière victime de la onzième comme de la douzième expédition.

Je ne rentrerai pas.

REMERCIEMENTS

Merci à mon éditeur, Sean McDonald, pour toutes ses bontés et ses merveilleuses corrections du roman. Merci à la super équipe de Farrar, Straus and Giroux qui a travaillé avec dévouement sur ce livre… je vous suis vraiment reconnaissant. Merci à mon agente, Sally Harding, et à tout le monde à Cooke Agency. Tout mon amour à mon épouse Ann, la seule personne avec qui je peux discuter du travail en cours, pour ses avis sur les personnages et situations. Merci à mes premiers lecteurs – la plupart d'entre vous se reconnaîtront – et en particulier à Gregory Bossert, Tessa Kum et Adam Mills pour leurs nombreux commentaires. Et pour finir, merci au St. Marks National Wildlife Refuge, aux gens qui y travaillent et à ceux qui s'y intéressent.

Composition :
L'atelier des glyphes

Achevé d'imprimer par L.E.G.O. S.p.A. en Italie
en Février 2016